新しくできたお姉さんは、百合というのが好きみたい

1

「はじめまして。白石沙織《しらいしさおり》です」

顔合わせの席でそう言って手を差し出した女性は、とても《大人》だった。

年齢《ねんれい》的には、もちろんそうだ。

だが、そういう意味ではなく、その佇《たたず》まいや表情が、

（大人だ）

と春夏《はるか》を圧倒《あっとう》し、痛いくらい眩《まぶ》しかった。

物理的に彼女が窓を背にしているせいもあるかもしれなかったが、後光というのはやはり内面から輝《かがや》くことなんだ、と納得《なっとく》させられた。

歳《とし》は自分より三つ上の、二十八だと父から聞いている。

写真を見た時はもっと背が高いと思っていたのだけれど、猫背《ねこぜ》の自分とほとんど変わらなかった。背筋がしゃんと伸《の》び、グレーのスーツを自然に着こなしていた。同じ服を自分が着たら就活生にしか見えないだろう。

表情にも自信が満《み》ち溢《あふ》れている。

イベント企《き》画《かく》会社で主任になったばかりらしいが、そのせいだろうか。前途《ぜんと》には明るい未来しかないと信じているようだった。その明るさは春夏《はるか》の胸をちくりと刺《さ》したが、押し殺して、少し汗《あせ》ばんだ手をワンピースのスカートで擦《こす》った。

「た、高梨春夏《たかなしはるか》……です……」

少し震《ふる》えてしまっている手をおずおずと差し出すと、ぐいとつかまれて、ぎゅうと握《にぎ》りしめられた。その力強さに、春夏《はるか》はうろたえた。沙《さ》織《おり》の手はひんやりとしていて、爪《つめ》は短く切りそろえられ、ネイルが白蝶《しろちょう》貝のように角度によって複雑に色を変えた。

「こんな可《か》愛《わい》い妹ができて、すごく嬉《うれ》しい」

そう言って、ふふ、と笑った沙《さ》織《おり》の、毛先を内巻きにしたロングの髪《かみ》がふわりと揺《ゆ》れる。語《ご》尾《び》が鼻に抜《ぬ》けるハスキーな声が耳に心地《ここち》良《よ》かった。

「か、かわいいだなんて……」

圧倒《あっとう》されて、もごもごした返事になってしまい、最後はほとんど聞き取れないくらいに、口の中で言葉は溶《と》けてしまった。

だというのに、沙《さ》織《おり》はにこにことしたまま、手を離《はな》してくれなかった。じわりと掌《てのひら》が湿《しめ》るのを感じて、春夏《はるか》は焦《あせ》った。慌《あわ》てて離《はな》そうとしたが、沙《さ》織《おり》の力は強かった。

「と、とりあえず、座ろうか！」

父がそう言ってくれ、春夏《はるか》はほっとした。

さすがに沙織《さおり》の力も緩《ゆる》み、はい、と答えてようやく手を離《はな》してくれたが、その際、春夏《はるか》の人差し指を撫《な》でるみたいに彼女の指が離《はな》れていって、心臓が跳《は》ねた。

いまのはなに？

くすぐったくて、撫《な》でられたところが焼かれたみたいに熱い。多分、緊張《きんちょう》のせいだ。こんなふうに他人と向き合うのは、とても久しぶりだから。

どう思われただろう、と沙織《さおり》を見たが、彼女はもう目を合わせてはくれず、とても涼《すず》しげな笑《え》みを浮《う》かべて、自分の母親の隣《となり》に腰《こし》を下ろした。

春夏《はるか》も、己《おの》が父の隣《となり》に座る。

ここは、都内にある喫茶《きっさ》室の半個室だ。

よくは知らないが、ちょっとした会合や打ち合わせに使われるのだというこの店のソファー席は、革《かわ》張りでとても立派だった。座り心地《ごこち》もとてもいい——居心地《いごこち》は悪かったけれど。

『春夏《はるか》……父さん、実は、再婚《さいこん》しようかと思うんだけど……』

そう切り出されたのは、一ヶ月ほど前のこと。

父にいい人ができたっぽいことは、態度でなんとなく察してはいた。片時もスマホを手放さなくなったり、電話がかかってくるとこそこそと自分の部屋に戻《もど》っていくその横顔が照れくさそうだったりしたので、ははあ、と思ってはいた。

だがまさか、結婚《けっこん》という話になるとは、考えてもいなかった。どこかで父はもう、そうしたこととは無縁《むえん》だと思い込んでいた。年だし、イケオジというわけでもない。一度、結婚《けっこん》に失敗していることもあるし、再チャレンジするとは思わなかった。

とはいえ、春夏《はるか》も形はもう成人しているわけだから、第二の人生を歩いてみようと考えたとしてもおかしくはない。むしろよくこの年まで育ててくれたものだ、と感謝の気持ちしかなかった。子育てに成功したかどうかはともかく。とはいえ、それは父のせいではない。

『それで……今度その人と、一度、会って欲しいんだけど、どうかな？』

と言われて、断る理由はなかった。

いいよ、と答えた時の、父のほっとした嬉《うれ》しそうな顔は忘れられない。堰《せき》を切ったように、相手の女性がどんなにいい人かを語り始めて止まらなくなったのには、苦笑いをするしかなかったけれども。

この人だよ、と見せてもらった写真には、少し照れた様子で、よく見れば父と同じくらいの年であろう女性が微笑《ほほえ》んでいて、心を許しているのがよくわかった。場所は居酒屋のようで、お酒が入っているのか、頬《ほお》がほんのりと赤かった。

その表情に性的な匂《にお》いを感じて、少しだけ戸惑《とまど》ったりした。親のそうした面は見たくないし知りたくもないというのが、子の共通した気持ちだと思う。

どこで知り合ったの？　と聞くと、会社に来ていた保険会社の人なんだと言った。一瞬《いっしゅん》、営業のためでは？　という考えが頭を過ぎったが、既《すんで》のところで飲み込んだ。あれは下衆《げす》の勘繰《かんぐ》りだったということだ。

あの時の自分を誉《ほ》めてあげたい。結婚《けっこん》しようというのだから、あれは下衆の勘繰りだったということだ。

こうして生で向かい合ってみると、写真の印象とは違《ちが》う。

あれはやはり父だけに――恋人《こいびと》に見せる顔だったということだ。そんなものを気軽に娘《むすめ》に見せてしまう父に、春夏《はるか》は心中で溜息《ためいき》をついた。写真なら他にいくらでもあっただろうに。きっとあの写真が一番この人が綺麗《きれい》に見えるものだったのだろうけど。

「――ご注文はお決まりですか？」

クラシカルな制服に身を包んだウエイトレスがすぐ脇《わき》に立ってにこやかに話しかけてきて、春夏《はるか》はどうしようもなく緊張《きんちょう》してしまった。昔はこうではなかったのに、引きこもるうちに気づけばこんな風になってしまった。

「春夏《はるか》、決まったかい？」

父に促《うなが》され、あわててメニューを見た。同じような飲み物がずらりと並んでいる。急がなくちゃ、と思うと目の前がぐるぐるして違《ちが》いがわからなくなる。

(ああもう、なんでもいいや)

春夏《はるか》は、一番大きく写真に載《の》っている特製ブレンドのコーヒーを指し、

「……えっと、これで」

と言った。

「わたしはロイヤルミルクティーで」

と言った沙織《さおり》は、まるで初めから決めていたかのように迷いがなかった。

「お母さんは？」

「そうねえ……わたしはアッサムで。和夫《かずお》さんも同じにする？」

和夫《かずお》、というのは父のことだ。他人の口から、苗字《みょうじ》ではなく父の下の名前を聞くのは、奇《き》妙《みょう》な気分だった。

うん、と照れながら答える父の横顔に、春夏《はるか》は眉《まゆ》を顰《ひそ》めそうになった。椅子《いす》の座りの悪さしか感じない。

見ていられなくて顔を前に向けると、沙織《さおり》と目が会った。

彼女は、

（まいっちゃうよね）

というように、困った微笑《びしょう》を浮《う》かべていた。

実際にどう感じているのかは知りようもないが、同じ気持ちなのだと思うと少しだけ気が楽になった。父と母の違《ちが》いはあれど、親の色恋《いろこい》の帰結につき合わされているのだ。彼女もきっと内心では、まいったなあ、と思っているのだろう。

やがて飲み物が運ばれてきて、それぞれの前に置かれた。

それにしても、父はいつから紅茶なんかを飲むようになったのだろう。家ではコーヒーしか飲まないくせに。おかげで春夏《はるか》もコーヒー派になってしまったというのに、ひとりで紅茶に乗《の》り換《か》えるとは、ちょっと許せない。

「それじゃあ、改めて……」

とたいして好きでもなかったはずの紅茶を半分ほど飲んだあとで、父が口火を切った。

「春夏《はるか》。こちら、父さんがお付き合いをさせていただいている、白石《しらいし》あやみさん」

「白石《しらいし》あやみです。和夫《かずお》さんには、大変良くして頂いています」

軽く頭を下げた彼女に対し、春夏《はるか》も会釈《えしゃく》で返した。

改めて見ても綺麗《きれい》な人だった。

沙織《さおり》さんとはあまり似てない。父親似なのだろうか。娘《むすめ》は父親に似る、という話もあるが、春夏《はるか》は自分が父に似ていると言われたことはなかった。

きりりとした沙織《さおり》に比べると、力の抜《ぬ》けた穏《おだ》やかそうな微笑《ほほえ》みに人柄《ひとがら》が滲《にじ》んでいる。父もどちらかと言えば穏《おだ》やかな人間だから、その辺りで馬が合ったのだろうか。

もっとも母とは離婚《りこん》したのだから、そんな相性《あいしょう》など当てにはならなかったが。

「で、これがうちの娘《むすめ》の春夏《はるか》です」

「春夏《はるか》です」

と答えたが、内心では、これ、と物みたいに言われたことに、少しもやっとした。だが、それを顔に出さないくらいのことはできる。むしろ、笑《え》みさえ浮《う》かべることができた。自分を押し殺す術なら、就活のときに身につけた。

「父がお世話になっております」

軽く会釈《えしゃく》をすると、今度は向こうの番だった。

「じゃあ、こちらも。この子がうちの娘《むすめ》の沙織《さおり》です。春夏《はるか》さんより、三つ上なのかな？　今は都内の小さな会社でイベントの企画《きかく》をやっている……んだっけ？」

「うん。イベントというか、いろいろなキャンペーンの企画《きかく》だけど」

そう言った沙織《さおり》は、春夏《はるか》を真《ま》っ直《す》ぐに見て微笑《ほほえ》んだ。

「企画《きかく》っていっても、デスクワークよりも現場での肉体労働がほとんどなんですよ？」

「そ、そうなんですか……」

春夏《はるか》には想像も難しい世界だったが、彼女の顔を見れば、きつくてもやりがいはあるのだろうな、とはわかった。瞳《ひとみ》が生き生きとしている。

「この間、主任になったのよね」

「そうだけど、手取りは増えないのに責任だけが重くなっただけだよ。まあ、多少権限は増したけど、それだって上の一存で簡単にひっくり返るようなものだし」

「いやあ、それでも立派ですよ」

隣《となり》で父が笑いながら言って、春夏《はるか》は体を固《かた》くした。この流れで次に来る言葉は、容易に想像がついたから。

「うちの春夏《はるか》は、いまだにアルバイト生活ですから」

謙遜《けんそん》という名の毒。

事実ではあるし、父に悪気がないことはわかっている。大学まで出してもらって一度は就職したものの、いまは家にいて、そこそこできる――とはいえ所詮《しょせん》は素人《しろうと》料理を生かしての、ネットの雑誌に載《の》せる簡単な、今夜のおかず系の料理レシピの記事作りだ。それとて、小遣《こづか》い程度にしか稼《かせ》げない。

何も感じていない、という顔をして、春夏《はるか》は笑《え》んだ。言いたいことはあったが、空気を悪くしたくなかった。これから家族になる人との初めての対面の場なのだから。

「いいじゃないですか」

笑《え》みを浮《う》かべたまま、沙織《さおり》が言った。

「今は多様性の時代なんですから。生き方も、働き方も、千差《せんさ》万別《ばんべつ》、十人十色ですよ」

かばってくれた――のだろうか。

いや、自分と同じでこの場の空気を悪くしないために、言ってくれたのだろう。うまく笑えていなかったのかもしれない。

多様性、というのは便利だ。あらゆる生き方を肯定《こうてい》してくれる。

けれどそれは、言い訳にも、もしくは、上から目線にも聞こえる、厄介《やっかい》な言葉でもある。発した本人にその気がなくても、受け手の気持ちでどうとでも変わってしまうのは、この言葉に限らず、仕方のないことだけれども。

「わたしだって、苦手なことはたくさんありますよ？」

沙織《さおり》が言うと、隣《となり》で父の恋人《こいびと》はうんうんと頷《うなず》いた。

「そうよねえ……月一で掃除《そうじ》にいかないと、足の踏《ふ》み場もなくなるし、ご飯は外食ばっかりみたいだし」

「栄養バランスはちゃんと考えてるよ。今はカロリーとかもメニューに載《の》ってるんだから。ライフスタイルに合わせて生きていけばいいの」

「だからって汚《お》部屋は駄目《だめ》です」

「はいはい」

「本当にもう……早くいい人見つけて結婚《けっこん》してくれれば、ママも安心なんだけどな」

溜息《ためいき》をつく母親に、沙織《さおり》は細くて長い指を突《つ》きつけて、

「それ、アウト」

と言って、唇《くちびる》を尖《とが》らせた。

「他人にそんなこと言ったら、今の時代、セクハラだからね」

「同性でも？」

「性別関係ないから。親子じゃなかったらありえない質問だから気をつけてよ？」

「はいはい」

言い方はやわらかく、じゃれあいに見えるけれど、本当は親子でもありえない、と彼女は暗に言っているような気が、春夏《はるか》はした。

気持ちはわかる。

父にも、会話の流れで恋人《こいびと》の有無《うむ》や結婚《けっこん》についての考えなどを訊《き》かれたことがあるが、あれは嫌《いや》なものだ。

案じてくれているのはわかっているが、それでも、

(余計なお世話)

という気持ちがどうしても先に立ってしまう。

将来のことはいつも頭の片隅《かたすみ》に鎮座《ちんざ》していて、ことあるごとに、どうするの？　と聞いてくる妖怪《ようかい》みたいな存在だ。自分でも鬱陶《うっとう》しいのに、人に突《つ》かれたら尚更《なおさら》にうざい。

「けど、ママの方が先にもう一度、ウェディングドレスを着ることになるとはねえ……」

溜息《ためいき》をついた母親に、沙織《さおり》は目を丸くした。

「え、着るの？」

「そりゃあ、着るわよ。ちゃんと式も挙げるつもりだもの。あ。身内だけ——ここにいる家族だけの小さなやつね？　披露宴《ひろうえん》とかはなしだから……ねえ、和夫《かずお》さん？」

うん、と父が頷《うなず》いた。

春夏《はるか》は、驚《おどろ》いて何も言えなかった。まさか親の結婚式《けっこんしき》に立ち会うことになろうとは、考えたこともなかった。

「家族……」

沙織《さおり》はそう呟《つぶや》くと、何かを考え込むように黙《だま》ってしまった。

「式は、いますぐってわけじゃないんだけどね。あれこれ検討しているところだ」

と、父が嬉《うれ》しそうに言った。

この父が、コンビニで売っている分厚い結婚《けっこん》情報誌などを読んでいるところは想像がつかなかった。家にそんなものはなかったから、ネットで見ているのかもしれない。

「それで——春夏《はるか》、相談なんだが……ひとり暮らしをしてみないか？」

「え？」

思ってもみなかった言葉に、春夏《はるか》は間抜《まぬ》けな声が出てしまった。ひとり暮らし？　どういう意味？　変化球どころの話ではない大暴投の球がいきなり飛んできた。

「結婚《けっこん》したら、あやみさんはうちに越《こ》してくるわけだけど、親の新婚《しんこん》生活を目の当《まあ》たりにするのは、さすがに気まずいだろう？　ほら……いろいろと」

父とあやみが、一瞬《いっしゅん》、目を配せあうのを見て、春夏《はるか》は《いろいろ》の意味を理解した。

間違《まちが》いなく、夜のことだ。

（そりゃあ……するよね）

確かにそれは、気まずすぎる。そこまでではなくとも、こんな大きな娘《むすめ》がいたら、日常のいちゃいちゃもできないだろう。食卓《しょくたく》で、あーん、とかやりたいのかもしれない。それを見せられるのはさすがにきつい。きつい、が——。

「大丈夫《だいじょうぶ》。おまえが再就職してひとりでやっていけるようになるまで、生活費は父さんが出すから。なあに、仕送りだと思えばたいしたことじゃない」

春夏《はるか》は頭の中がぐるぐるした。

父の言いたいことはわかる。気持ちも理解できる。

だが、簡単には首肯《しゅこう》できなかった。

ひとりでやっていく、ということは、就職することが前提だ。今の仕事は頭打ちで、これ以上稼《かせ》げる見込みはない。もちろん、いつまでもこのままというわけにはいかないことは、わかっていた。いずれはきちんと働かなくてはと、いつも頭の片隅《かたすみ》では考えてはいた。いたが——

あまりにも急すぎる。

「もう、和夫《かずお》さん！」

怒《おこ》ったような、うろたえたような声で、あやみが割って入ってきた。

「いまここでそんな話しなくても……急すぎるでしょう？」

「え、そうだった？　いや、話の流れから、今かな、って思ったんだけど……」

まいったな、と父は頭を掻《か》いた。

春夏《はるか》は、なにも言えなかった。言葉は喉《のど》に大きな塊《かたまり》となって引っかかって、出てこようとしない。

父の言いたいことも、気持ちもわかるが、それを塗《ぬ》りつぶす不安——否、怖《こわ》さの方が大きかった。あの地獄《じごく》のような就活をもう一度、と思ったら体が竦《すく》む。それを乗《の》り越《こ》えてつかんだものがまた一夜にして消えたら、と考えると恐《おそ》ろしくてたまらない。

時代は再び売り手市場だと言われて久しいが、それは、選ばなければ、の話だ。何社受けても受からないときは受からない。挙句、ようやく受かったと思った会社は、一年も経《た》たずに倒《とう》産《さん》してしまったのだ。

あの頃《ころ》のことは、今でも悪夢に見る。

「春夏《はるか》」

真面目な声音《こわね》に、春夏《はるか》は父を向いた。父の表情はめったに見せない真剣《しんけん》なものだった。

「タイミングは間違《まちが》ったかもしれないけれど、いずれは話そうと思っていたことだ。今ここで決めなくてもいいし、同居がいいというのなら、その方向で考えるから……とにかく一度、父さんの提案を考えてみてはくれないかい？」

頷《うなず》きたかったが、春夏《はるか》はできなかった。

父の申し出は、至極《しごく》真っ当どころか、とても甘やかされたものだとはわかる。いい年の大人のひとり暮らしに、生活費まで出してくれるというのだから。

だが、他の人は知らぬが、ひとり暮らしは、春夏《はるか》にはハードルの高い話だった。

きっと、やろうと思えばできる。今でも家事は春夏《はるか》がそのほとんどを担《にな》っているのだ。

けれど、物心ついてからずっと父と二人で暮らしてきて、その環境《かんきょう》をがらりと変えるのは、怖《こわ》かった。

何が怖《こわ》いのかはわからない。漠然《ばくぜん》とした恐《おそ》ろしさだ。そんなものは、飛び込んでしまえば、ただの気のせいだったと笑えるものなのかもしれない。けれど、人生は何が起こるかわからない。ようやく摑《つか》み取《と》った就職が、前触《まえぶ》れもなく消え去ったみたいに。

父と、そしてあやみの、期待のこもった目が痛い。

せめて『考えてみる』ぐらい答えなくちゃ、と思っても、唇《くちびる》はわななくだけだった。

(ああもう、どうして——)

本当に自分が嫌《いや》になる。じくり、と久しぶりに胃が痛むのを感じた。

何も言えずにうつむいてしまいそうになる。

と——。

「……だったら、わたしと一緒《いっしょ》に住む?」

そんな声が、救いのように振《ふ》ってきた。

沙織《さおり》だった。

下がりかけていた顔を上げると、彼女が天使みたいに微笑《ほほえ》んでいた。

「春夏《はるか》さんは、家事、できるんだよね？」

錆《さ》びてるみたいに、ぎこちなく頷《うなず》く。

「良かった。ママがそちらで暮らすようになったら、うちの片付けはどうするんだー、って悩《なや》んでたとこなんだ。春夏《はるか》さんは、誰《だれ》かに家にいて欲しいタイプなんじゃない？　だったらさ、わたしたち姉妹《しまい》になるんだし、一緒《いっしょ》に住もうよ。それで、家のことをやってくれたら、わたし的には、すごく助かるんだけどな」

「ちょっと、沙織《さおり》！」

慌《あわ》てたのは、あやみだった。

「春夏《はるか》ちゃんは家政婦じゃないのよ？　家のことは自分でやりなさいって言ってるじゃない」

「その例えは、お嫁《よめ》さんじゃない？」

そう言ってから、沙織《さおり》は少し考えて、

「……お給料、出ないんだし」

と付け足した。

何か思うところがあるのか、あやみの眉《まゆ》がきりりと上がった。

「よけいに悪い！　何、昭和の男みたいなこと言ってるのよ」

「パパは昭和生まれだったもんねえ……」

ぐ、とあやみは言葉に詰《つ》まった。

「あのね。今は多様性の時代だって。多様性っていうのは、相手の生き方を尊重するって意味でしょ？　わたしは家のことが苦手。春夏《はるか》さんが家事が得意でひとり暮らしに躊躇《ちゅうちょ》があるなら、こういうのはどう？　って提案しただけのことじゃん。大体、ママたちは新婚《しんこん》生活を満喫《まんきつ》したいから、春夏《はるか》さんに出て行って欲しいんでしょ？　自分たちはそんな勝手を言うのに、わたしの勝手は許さないっていうのは、ちょっと虫が良《い》いんじゃないかなあ？」

本音を突《つ》かれたからなのか、あやみも、そうして父も、ちょっと気まずそうに黙《だま》った。

沙織《さおり》に指摘《してき》されるまでもなく、端的《たんてき》に言ってしまえば彼女の言う通りなのだろうということは、春夏《はるか》にもわかっていた。

おまえのために自立をうながしているんだよ、と言わなかっただけましだ。そんな風に言われていたら、意地でも出て行かなかったかもしれない。

春夏《はるか》は、沙織《さおり》を見た。

他人と暮らすのは怖《こわ》いけれど、頼《たよ》りがいもありそうだし、いきなりひとりで暮らすよりはマシな気がする。家事ができない、のレベルがどの程度なのかは気になるが。

「……とりあえず、お試《ため》しでしばらく置いてもらうっていうのは駄目《だめ》ですか……？」

そう春夏《はるか》が言うと、沙織《さおり》の顔は、ぱあっと輝《かがや》いた。

「全然、オッケー！　あ。あと、わたしのことはお姉さんって呼んでね？」

それがあまりにも嬉《うれ》しそうだったので、そんなに家のことをするのが嫌《いや》なのか、と春夏《はるか》は驚《おどろ》いたのだが、そこに別の意味がこもっているとは、露《つゆ》ほども思ってもみなかった。

2

「ずいぶんと嬉《うれ》しそうじゃない」

バーのカウンターに肘《ひじ》をついて、明らかに酔《よ》った様子で面白《おもしろ》がっている友人の言葉に、

「えー、そう？」

片手に持ったグラスの中の、樹液のような色のウイスキーをくるくると回しながら、沙織《さおり》は頬《ほお》の緩《ゆる》みを隠《かく》せなかった。

両家の顔合わせの翌日である。

友人——白神《しらかみ》まどかは、解禁されたばかりのボジョレーヌーボーをぐいとやって、空になったグラスをバーテンダーに掲《かか》げて見せ、天鵞絨《びろうど》色のワインが注がれる音を聞きながら、

「で？　どうだったの、本物の妹ちゃんは」

と言い、ヒールを脱《ぬ》いだ爪先《つまさき》で、沙織《さおり》のふくらはぎを軽く撫《な》でた。

酔《よ》いも相まって、ぞくりとする。

こういうスキンシップは好きだ。おもわず笑《え》みが漏《も》れてしまう。

「そりゃあ、可愛《かわい》かったよー。なんて言うのかなあ……迷子の仔熊《こぐま》みたいでさ。おどおどしちゃってて、この娘《こ》がこれから懐《なつ》いてくれるのかなあ、って考えると楽しみ」

「熊って」

まどかは目を細めて、喉《のど》の奥で笑った。

確かに、例えとしては不適切だったかもしれない。しかし、自分よりも背の高い相手を、仔《こ》猫《ねこ》とかいうのはちょっと違《ちが》う気がした。

写真で見た時の印象と違《ちが》って、実際に会ってみると、ちょっとふくよかで猫背《ねこぜ》気味なのが、なんか仔熊《こぐま》っぽいと思ったのだ。

『――ママ、お付き合いしてる人がいるの』

母からそう聞かされたのは、いつものように部屋を片付けに来てくれた、数ヶ月前の暑い週末のことだった。

そんな素《そ》振《ぶ》りは微塵《みじん》も感じられなかったので、それはもう驚《おどろ》いた。とはいえ、離《はな》れて暮らしているので、それも当然かも知れない。メッセージのやり取りは頻繁《ひんぱん》だったが、それだけでわかるはずもない。

だが、いいことだった。

父とは、沙織《さおり》が幼い頃《ころ》に死別して、それきり恋人《こいびと》ができたという話は聞いていない。

実際には何人かの人とお付き合いをしていたのかもしれなかったけれど、沙織《さおり》に気づかせることも、話したこともなく、今回が初めてだった。しかし――。

「結婚《けっこん》も考えてるの」

という話になるとは、正直、思ってはいなかった。

その一言に沙織《さおり》は、想像もしていなかったほど動揺《どうよう》した。恋人《こいびと》に別れを切り出されたときに感じた、本当に見えないハンマーで頭をぶん殴《なぐ》られたみたいな衝撃《しょうげき》と同じか、それよりも強いショックだった。

へえ、と答えたものの、声は震《ふる》えていたと思う。何十年かぶりの恋《こい》に浮《う》かれた母は、気づいていない様子だったけれど。

親の再婚《さいこん》に子供が微妙《びみょう》な気持ちになるのは、よくある話だ。色恋《いろこい》ともっとも縁遠《えんどお》い存在だとどこかで思っているからだろう。

だが、沙織《さおり》の場合はそれとは少し事情が違《ちが》った。

沙織《さおり》が動揺《どうよう》したのは、母の再婚《さいこん》により自分との繋《つな》がりが絶たれて、天涯孤独《てんがいこどく》になってしまう、その言い知れぬ恐怖《きょうふ》からだった。

沙織《さおり》は、母のあやみと血が繋《つな》がっていない。

彼女は初婚《しょこん》であったが、父は再婚《さいこん》だった。沙織《さおり》は父の連れ子で、その父が結婚《けっこん》後数年で事故で死んでしまってからも、沙織《さおり》を手放さずに育ててくれたのだ。

慰謝料《いしゃりょう》や見舞金《みまい》、保険金目当てだろうという奴《やつ》もいたが、たとえそうであっても関係なかった。母が、家族があるという安心感は、沙織《さおり》には何にも代《か》え難《がた》いものだった。

それがなくなる。

再婚《さいこん》すれば、母は相手の戸籍《こせき》に入るだろう。そうすると、戸籍《こせき》には自分ひとりだけが残ることになる。国から、おまえは孤独《こどく》だ、と突《つ》きつけられるような気がして、考えるだけで底のない穴に落とされる気がした。

だが、どうしようもない。

この年で、母の相手の養子にしてほしいと頼《たの》むのも、それこそ金目当てだと思われて結婚《けっこん》そのものが駄目《だめ》になったら取り返しがつかないし、苗字《みょうじ》が変わったら、父との繋《つな》がりもなくなってしまう気がして、絶対に嫌《いや》だった。

「それで、相手の人にも子供がいて、もう成人はしてるんだけど、確か、沙織《さおり》より三つ年下だったかな？　春夏《はるか》ちゃんっていう、女の子」

そう言って、母はスマホに保存していた写真を見せてきた。

うわ、と声が出そうになった。

それはいかにも、ちょっと嫌《いや》そうな様子の娘《むすめ》を父親が撮《と》った、とわかる写真で、だらっとしたシャツワンピ姿で、マグカップを持って猫背《ねこぜ》気味に椅子《いす》に座った女の子だった。

それがもう――好み、ど真ん中だった。

ショートの髪《かみ》の毛先《けさき》がちょっと跳《は》ねているのも、困り顔で少し眉《まゆ》が曇《くも》っているのも、すごくいい。何より、自分に比べたら大柄《おおがら》でふくよかなのがたまらない。体の線を出さないようにしていてもわかる、大きな胸も。

一目で、

(好き!)

となった。

好み、という言葉だけではとても足りない。話には聞いたことがあったけれど信じてはいなかった、一目惚《ひとめぼ》れ、というものがこの世に本当にあるのだと、初めて知った。

「将来の妹ね」

加えて、その母の言葉に、雨が振《ふ》り出《だ》しそうに曇《くも》っていた未来に、光が射《さ》した気がした。

妹。

新しい家族。

ああ、そうだ。

書類上はどうあれ、母が再婚《さいこん》すれば、この子は自分の妹になる。世間からもそう見てもらえるし、母が別れなければ、この子が自分の妹でなくなることはない。

それだけで、母の再婚《さいこん》を歓迎《かんげい》する気持ちになった。

まどかにそうした経緯《けいい》を話すと、

「わからないなあ」

と、素直《すなお》に言われた。

「家族なんて、うっとおしいだけだと思うけど」

沙織《さおり》には、それは幸せな言葉に聞こえた。

だが、説こうとは思わない。

わかってもらえないことには慣れているし、人生のエネルギーは、わかってもらうことに使うよりも、他のことに使いたかった。

だから沙織《さおり》は母にも、カミングアウトをしていない。自分が愛するのは同性だと言っていない。血の繋《つな》がっている家族でも理解されずに壊《こわ》れる例をいくつも知っている。いわんや、自分と母は、それよりも希《き》薄《はく》な関係なのだ。

そんな綱渡《つなわた》りはしない。

恋人《こいびと》のように気持ちだけで簡単に解消されてしまわない関係性——そうしたものに、沙織《さおり》は強い執着《しゅうちゃく》があった。パートナーシップ制度のある区に住んでいるのも、第三者に認めてもらいたいという、そのためだ。

残念ながら、前の恋人《こいびと》とはそうなる前に別れてしまったけれど。

だけど、母の再婚《さいこん》でできる妹は違《ちが》う。

気持ちで変わる関係ではないというところがいい。まどかに言わせれば、それこそが嫌《いや》なところということになるのだろうが。

「新しい写真とかないの？」

「あるよぉ？」

沙織《さおり》はスマホの画面をタップして、昨日撮《と》ったばかりの写真を呼び出した。それを、まどかに見せると、

「あらまあ、嬉しそうなこと」

「そう？」

その写真は、別《わか》れ際《ぎわ》に半ば強引《ごういん》に撮《と》ったツーショットだった。無理やり画面に収まったので顔がすごく近い。春夏《はるか》の照れながら困惑《こんわく》した表情がとてもよかった。自分はちょっとはしゃぎすぎだと思うけれど。

「よかったじゃん。新しい家族ができて」

くい、とワイングラスを傾《かたむ》けて、まどかはそう言ってくれた。わたしならごめんだけど、と思っていても祝福してくれるのは嬉《うれ》しく、沙織《さおり》は、うん、と頷《うなず》いた。

「それに、一緒《いっしょ》に住むことになった」

「四人で？」

「ううん。春夏《はるか》ちゃんとだけ」

どういうこと？　と言いたげに、まどかの片方の眉《まゆ》が上がった。

「ママたち、新婚《しんこん》気分を満喫《まんきつ》したいんだって。ほら……夜のこともあるでしょ？　五十前なん

て、まだまだ現役《げんえき》だし」

「親のそういうの、想像したくないわあ……」

うへえ、とまどかは舌を出す。

「そりゃそうだけど、仕方ないでしょ？　性欲は人間の本能的な欲求だもの」

「わかりますよ？」

まどかの足がまた、つ、とふくらはぎを撫《な》でる。

咳払《せきばら》いをして、心地《ここち》よさを追《お》い払《はら》う。

「で、ママは結婚《けっこん》したら相手の家に住むことになるんだけど、そうすると――」

ははあ、とまどかは笑った。

「同居している娘《むすめ》が邪魔《じゃま》になる、と。ひどいねえ。勝手だねえ」

「まあ、向こうの親も春夏《はるか》ちゃんに自立して欲しいって思ってたみたいで、この機会を利用しようって考えた節はあるけど、わたしにしたら渡《わた》りに船よ」

「あんたの家、無駄《むだ》に広いもんね」

借りた時は無駄《むだ》ではなかった。二人で住むために選んだ物件だったから。部屋を散らかし放題にしているのは、彼女が出て行って空いたスペースを埋《う》めておきたいという思いがある気がする――ただの後付けの言い訳かもしれないが。

「けど、どうするの？」

「何が？」

「言うの？　あんたが《本百合《ゆり》》だってこと」

「…………」

本百合《ゆり》というのは、Lのことだ。

沙織《さおり》はまどかに聞いて初めて知ったが、どうやらいわゆる隠語《いんご》らしい。一部の芸能関係者の間でひっそりと使われているらしく、思想的な主張を感じないところが、まどかは気に入っているようだ。

沙織《さおり》は、グラスのウイスキーを嘗《な》めた。

「……言わない」

「なんで？」

「せっかくできた妹だもの。ギクシャクしたくない。大体、ママにも言ってないんだから、できたばかりの妹に言うわけないでしょ」

「ふうん……まあ、健闘《けんとう》を祈《いの》るよ」

まどかは意味ありげに微笑《ほほえ》んで、グラスの中でくるりとワインを回した。

3

（ここが、沙織《さおり》さんのマンション……）

日曜の午後、駅からは少し歩くけれど、都内の一等地と言っていい場所に建つ建物を見上げて、春夏《はるか》は感嘆《かんたん》の息を漏《も》らした。

春夏《はるか》の実家もマンションだったが、築三十年の五階建ての低層の賃貸《ちんたい》だ。だが、沙織《さおり》の家は十五階建ての中層だった。エントランスに入ると制服姿の管理人が小窓の向こうから会釈《えしゃく》をしてきて、春夏《はるか》もぎこちなく返した。

大きなガラス扉《とびら》の前のパネルに部屋番号を打ち込んで呼び出しの表示をタッチすると、

『はーい』

と明るい声がスピーカーからした。

「あ、た、高梨《たかなし》です……」

『うん、待ってたよ。今開けるから、上がってきて』

「は、はい……」

どちらさま、と聞かれなかったのは、こちらの姿が見えているからだろう。モニター付きインターホンは、相手を確認《かくにん》してから応答することができるから、必須《ひっす》だ。

中に入ると、エレベーターは二機あった。実家のマンションは一機しかなかったので、時々、渋滞《じゅうたい》が発生したが、これならスムーズに上がれそうだ。

一週間は宿泊《しゅくはく》可能な荷物が詰《つ》められるトランクを押しながらエレベーターに乗り込み、十階のボタンを押して息をついた。

嗅《か》ぎなれない臭《にお》いに少し不安になる。

一部が鏡のようになっている壁《かべ》で、自分の姿を確認《かくにん》した。

今日の服はファストファッションで買ったワンピースに袖《そで》なしのアウター。斜《なな》め掛《が》けのポーチはスマホや財布《さいふ》でぱんぱんに膨《ふく》らんでいる。

みっともなくはないと思うが、おしゃれではない。髪《かみ》も跳《は》ねていない。

今日からここに住むわけだけれど、ひとまずお試《ため》しの同居なので、実家の部屋はそのままにしてある。おかげで、引《ひ》っ越《こ》し荷物はトランクひとつですんだ。

中には、当面の着替《きが》えとスキンケア道具、仕事用のタブレットにレシピのアイデアを書き連ねたノートが数冊。他に、途中《とちゅう》で買ったお気に入りの店のケーキの入った箱がひとつ。

ショートケーキが推《お》しなのだけれど、生クリームが苦手な場合をを考えて、甘さ控《ひか》え目《め》のモンブランにした。

エレベーターは一度も止まらず十階に到着《とうちゃく》した。

おっかなびっくり降りて、ごろごろと音を立てるトランクが迷惑《めいわく》になってやしないかとハラハラしながら、春夏《はるか》は廊下《ろうか》を進んだ。中庭に面していて開放的だが、雨の日は少し濡《ぬ》れそうだと思った。

──彼女の家は、少し複雑でね。

話しておいた方がいいかもしれない、と言った、そんな父の声が蘇《よみがえ》る。

──あやみさんと沙織《さおり》ちゃんは、血が繋《つな》がっていないんだ。沙織《さおり》ちゃんは前の旦那《だんな》さんの連れ子で、その人が亡《な》くなられたあとも投げ出さず、沙織《さおり》ちゃんを立派に育てたんだよ。

そんなことを言っていた。

けれど、そこから結局、あやみさんは素晴《すば》らしい、と惚気《のろけ》になってしまったので、言いたかったのはそこだったのだろう。

確かに、奇特《きとく》だとは思うが、複雑だとは思わない。

二人はとても仲が良さそうに見えたし、遠慮《えんりょ》も感じられなかった。父から教えられていなかったら、血が繋《つな》がっていないとは考えもしなかった。

とはいえ、親子関係については不用意に踏《ふ》み込まないようにしよう、と春夏《はるか》は己《おのれ》を戒《いまし》めた。

表面的には見えていないだけで、人が内に何を抱《かか》えているかはわからない。

沙織《さおり》の家の扉《とびら》の前に立って、インターホンを押した。すると、誰何《すいか》なく、ガチャリガチャリと鍵《かぎ》が外される音がして、重たそうに扉《とびら》が開いた。

「いらっしゃい、春夏《はるか》ちゃん」

ぱあ、と明るい笑顔《えがお》で沙織《さおり》が出迎《でむか》えてくれ、春夏《はるか》はほっとした。

彼女はオープンショルダーのトップスにワイドパンツという恰好《かっこう》で、今日は髪《かみ》を後ろでざっくりとシュシュでひとつにまとめていた。

すっぴんに見えるけれど、目はぱっちりしているから、ナチュラルメイクが上手なのだろう。基本、外に行くときもスキンケアだけの自分が、少し恥《は》ずかしくなった。

「荷物それだけ？」

「は、はい……」

「とにかく入って。じゃない……今日から家族なんだから、おかえり、春夏《はるか》ちゃん」

咄嗟《とっさ》に言葉が出てこず、挙動不審《ふしん》に目が泳いでしまった。

「た、ただいま……です……」

二度ほど唾《つば》を飲み込んだあとで、何とかそう返したが、違和感《いわかん》しかなかった。だってここは知らない人の家なのだ。

「スリッパはそれを使って。春夏《はるか》ちゃんのだから」

「は、はい……ありがとうございます……」

トランクは玄関《げんかん》に置いたまま、ケーキの箱だけを手に家に上がった。

後ろで自動的に鍵《かぎ》がかかる音がして、すごいな、と感心したが、鍵《かぎ》を忘れて外に出て締《し》め出《だ》されたらどうするのだろう、と心配になった。

沙織《さおり》のあとについて通されたリビングは、とても広かった。実家の倍はある。壁《かべ》には巨大《きょだい》なテレビが掛《か》かっていて、寝転《ねころ》がれるほど大きいソファーと、おおよそ四人用のスクエアテーブルが置いてあった。

が――あちこちに物が積みあがっていて、一言で言えば、乱雑だった。通販《つうはん》の箱が多い。重ねてはあるが適当なので、あちこちで雪崩《なだれ》を起こしている。使った食器なんかをそのままにしていることはなさそうなので汚《お》部屋ではないが、足の踏《ふ》み場はぎりぎりある程度だ。

(沙織《さおり》さんて、片付けられない女子……?)

そういえば、母親が月一で片付けに来るといっていた。あの時は、娘《むすめ》に会う口実としてそう言っているのだろうと思ったのだが――どうやら文字通りの意味だったらしい。

「とりあえず……春夏《はるか》ちゃんの部屋、見たいよね?」

「あ、お願いします……」

ケーキの箱をテーブルに置き、倉庫のような部屋を想像しながらあとを付いて廊下《ろうか》に戻《もど》る。

沙織《さおり》は並んだ扉《とびら》のひとつを開け、どうぞ、と促《うなが》した。

「ここを使って? 一応、業者に頼《たの》んで掃除《そうじ》はしてあるから」

「あ、ありがとうございます」

と答えて入った部屋は、がらん、としていた。

リビングと違《ちが》ってベッドと机の他は何もなく、備え付けの本棚《ほんだな》も空っぽだった。実家の春夏《はるか》の部屋よりもずっと広く、もてあましてしまいそうだった。もしかしたらリビングの荷物は、元々この部屋にあったのかもしれない。

窓は大きく、採光は十分だった。しっかりカーテンを閉めないと、日の出と共に目が覚めてしまいそうだ。

「気に入った？」

沙織《さおり》に問われ、春夏《はるか》は頷《うなず》いた。

「よかった。それじゃあ、他のところも案内するね」

「はい」

にこにこと楽しそうな沙織《さおり》の後について、これからしばらく自分のものとなる部屋をあとにした春夏《はるか》は、トイレや洗面、キッチンなどを見せてもらった。

いずれも掃除《そうじ》は行き届いていて、春夏《はるか》は安堵《あんど》した。水廻《まわ》りが汚《きたな》い家には住みたくない。彼女の母親が月一で掃除《そうじ》をしに来てくれていたおかげだろう。ただし、キッチンが綺麗《きれい》なのは単純に使っていないからだとすぐにわかった。電子レンジだけは使用感があるから、本当に外食やお弁当ばかりなのだろう。とはいえ、一通り、調理道具は揃《そろ》っている。

「好きに使ってくれていいからね」

とのおすみつきも貰《もら》った。

「で、ここがわたしの部屋」

そう言って見せてくれた部屋は、春夏《はるか》のよりも狭《せま》かった。

大きめの机にデスクトップパソコン用の大型モニターが置かれている。壁《かべ》の一面には埋《う》め込み型の本棚《ほんだな》があり、さまざまな本がずらりと並んでいた。ビジネス系の本が多いが、エンタメ系の本もある。

ベランダに直結しているので窓は全面タイプで、春夏《はるか》の部屋よりも明るい。あちこちに、箱やら、紙袋《かみぶくろ》やらが置かれていて、服も畳《たた》まれずに丸めた感じで積まれていた。

「とりあえず、こんなところかな。湯沸《ゆわ》かし器《き》とかトイレの使い方はあとでまた説明するね。疲《つか》れたでしょ？　お茶にしよ？　コーヒーでいい？」

「あ、はい」

キッチンに向かう沙織《さおり》を追いかけながら、

「あの、ケーキ買って来ました。好みがわからなかったので、モンブラン……」

「わ、嬉しい。好きだよ、モンブラン」

沙織《さおり》の弾《はず》む声に、春夏《はるか》はほっとした。

彼女は全自動のコーヒーメーカーに豆をざらざらと入れて、冷蔵庫から出した水を注いだ。

その間に春夏《はるか》は戸棚《とだな》からカップを出して沙織《さおり》に渡《わた》し、皿にモンブランを乗せた。グラインダーが豆を砕《くだ》く音が響《ひび》き、それが止まるとこぽこぽと湯が注がれて、いい香りが立《た》ち昇《のぼ》った。

父は手ずからドリップする人だったので、春夏《はるか》も当たり前のようにそうやって入れていて、その方がいいと思っていたのだけれど、香りに違《ちが》いはないのだなと知った。

「砂糖とミルクは？」

カップにコーヒーを注ぎながら、沙織《さおり》が言った。

「いれます」

「スティックとポーションしかないけど、いい？」

「はい」

家ではよく、ミルクを温め、泡立《あわだ》てて乗せていたけれど、ポーションのミルクもおいしい。

それぞれに皿とカップを手にリビングに戻《もど》り、向かい合ってテーブルに着いた。砂糖とミルクを入れてよく掻《か》き混《ま》ぜ、ひとくち含《ふく》む。酸味が強い。家ではローストの深い、苦味の立ったコーヒーが主だったけれど、これはずいぶんとスッキリした味だ。

「うわ、おいしい」

モンブランを一口食べた沙織《さおり》が、目を丸くした。

よかった。

このモンブランは、デパートに出店するような大手ではなく、町の個人店のものだが、そういう隠《かく》れた名店は多い。キャパが小さいから、あまり有名になって欲しくはない。

「甘いけど、ベタっとしてないね」

「そうなんです。舌に残らないんですよ。……沙織《さおり》さんの口に合ってよかったです」

「──お姉さん」

「え？」

「同居の条件。お姉さんって呼んで？　あと、敬語も止めてくれるとうれしいかな。家族で敬語なんて使わないでしょ？」

そういえば、そんな条件だった。

「呼んでみて？」

にこにこしているけれど、圧は強い。徐々《じょじょ》に、というわけにはいかなそうだ。しかし、改まって口にしようとすると、照れるものなのだな、とわかった。

くちびるをなめて、

「……お姉さん？」

ためらいがちに口にすると、沙織《さおり》は口をあひるみたいに結んで目を大きく開き、睫《まつげ》が小刻みに震《ふる》えた。

……ものすごく嬉《うれ》しそう。

こんなことでこんなに喜んでくれるなら、これからもそう呼んであげよう。それに、春夏《はるか》も少し嬉《うれ》しい気持ちになった。家族と言えば父だけで、お父さん、としか呼ぶ機会がなかったからだろうか。

　モンブランを平らげ、コーヒーで甘さを流して一息ついた頃《ころ》、

「春夏《はるか》ちゃんは、さ」

　と、沙織《さおり》が口を開いた。

「一度もご実家を出たことがないんだよね？」

　こくりと春夏《はるか》は頷《うなず》いた。

「うちは母が出て行って、その後は父がずっと家のことをしてくれていたんですけど……やっぱり、思春期になるといろいろあるじゃないですか？　洗濯《せんたく》とか」

　沙織《さおり》は、ああ、と言ったけれど、ぴんと来てはいない様子だった。そういえば、彼女の家は自分と逆なのだった、と思い出して納得《なっとく》した。

　春夏《はるか》は、父の下着を触《さわ》るのは別にどうということはなかったが、一時期、自分の下着には絶対に触《さわ》られたくはなかった。恥《は》ずかしいのではなく、生理的な嫌悪《けんお》感だ。今はもう別に何とも思わないけれど。

「なので、五年生くらいには自分で洗濯機《せんたくき》を使い始めました」

「そっか……うちは母親だったから、そういうのはなかったな。わたし、こう見えて性格が雑だから、どっちかっていうと先回りしてあれこれしてくれたな」

　こう見えて——周囲をちらりと見て、苦笑《くしょう》しそうになるのを、春夏《はるか》は何とか堪《こら》えた。

「まだいらないっていうのに、ブラを買ってきたりもして、つけろつけないで大騒《おおさわ》ぎ」

「それ、うらやましいです」

母がいれば、と思うことはほとんどなかったが、ただふたつ、ブラと、あとは生理のことについては、相談できる相手が心底欲しかった。

「春夏《はるか》ちゃん、大きいけど、それってずいぶん早くから？」

胸のことだとわかって、春夏《はるか》は頷《うなず》いた。

「太ってたってこともあるんだと思うんですけど、五年生で初めてつけました」

今も痩《や》せているとは言えないけれど、あの頃《ころ》は本当に丸かった。

「擦《こす》れて痛かったのを我慢《がまん》してたら、担任の女の先生が気づいてくれて、うちの事情も知っていたから、一緒に買いに行ってくれたりしたんですよ」

「へえ、いい先生だったんだ」

春夏《はるか》は頷《うなず》いた。

そういえば、今はどうしているのだろう。いつの間にか時候の挨拶《あいさつ》もなくなって久しい。

「料理はいつから？」

「中学に上がってすぐくらいから、自分でするように。その頃《ころ》、父の仕事が忙《いそが》しくなって、コンビニとかスーパーのお弁当が続いたんです。おいしいんですけど、自分が食べたいものがいつもあるとは限らないじゃないですか。メニューってそんなに頻繁《ひんぱん》に変わらないし」

「わかる」

うんうん、と沙織《さおり》は頷《うなず》いた。

「これが食べたい、って時は、あちこち探し回って、んで、結局見つけられず、頭来て、お酒でチャラにしたりしちゃうもん」

春夏《はるか》は、はは、と笑った。

「さすがに中学生じゃお酒は呑《の》めないから、だったら作っちゃえ、って思って、料理、始めたんですよ。父が好《す》き嫌《きら》いのない人だっていうのも良かったんですけど、なんでもおいしいおいしいって食べてくれるから、わたしも嬉しくて、ついつい嵌《は》まっちゃいました。わたし、勉強も運動もそんなにできる方じゃなかったので、他に誉《ほ》められることもなかったっていうのもあると思うんですけど」

「わたしも、好《す》き嫌《きら》いないよ？」

「え？」

「ないよ？」

「そ、それはよかったです……」

これは期待されているのだろうか。キッチンを見れば料理をしない人だというのはわかっていたが、手料理が嫌《きら》いだとか、苦手だというわけではないらしい。部屋の様子もだけれど、単に面倒《めんどう》なのだろう。

（ちょっと意外……）

初対面の印象は『できる女』だったのだが、それは一面だけのことなのかもしれない。そうと知れて、がっかりはしなかった。むしろ、ほっとした。内も外も完璧《かんぺき》だったら、こちらの立《た》つ瀬《せ》がない。

「お父さん、料理は全然できないの？」

「そんなこともないです」

コーヒーを一口飲んで、くちびるを湿《しめ》らせる。

「ただ、偏《かたよ》ってるんですよ。好きなものしか作りたくないっていうのは、わたしも同じなんですけど、対象が檄狭《げきせま》で、肉、肉、肉、で、味が濃《こ》くて、野菜もなし！……」

春夏《はるか》は言葉を切った。

「そういえば、わたしが父をキッチンから追い出した一番の理由、思い出しました」

「え、なになに？」

「痩《や》せたかったんです。お父さんに任せてたら絶対に痩《や》せられないって思ったんですよ。男子にからかわれたくなかったし」

そうだ。

結局、そんな理由だ。

誉《ほ》められるのが嬉《うれ》しかったのも嘘《うそ》ではないが、そんなことでは続かない。慣れてくれれば嬉《うれ》しさも薄《うす》れる。

だが、痩《や》せたい、という理由はずっと自分をキッチンに立たせる。食事をコントロールできるようになって、高校に上がる前には何とか標準体重まで戻《もど》せた。ちょっと気を抜《ぬ》けばすぐにでも、あの日見た父の下腹が自分にも迫《せま》り来るのが、あの頃《ころ》も、今も恐《おそ》ろしい。

そっか、と呟《つぶや》いた沙織《さおり》は、いまひとつピンと来ていないようだった。多分、太りにくい体質なのだろう。家を出て、コンビニ弁当や惣菜《そうざい》でこの体形を維持《いじ》できているのだから、きっとそうに違《ちが》いない。うらやましいかぎりだった。

「じゃあ、ずっとそれから春夏《はるか》ちゃんが家事をやってきたの?」

「全部ってわけじゃないですよ。父が夜遅《おそ》くなった時は、お風呂《ふろ》もちゃんと洗ってますし、自分が使った食器も洗って、そのままにしてたりしません。まあ、わたしががみがみ言って教育したってところもあるんですけど」

「きびしーんだ」

ははは、と笑って、おてやわらかに、と沙織《さおり》は続けた。

春夏《はるか》は、部屋の中をぐるりと見回して、

「さ――お姉さんは、片づけが苦手なんですか?」

「あー……ごめん。汚《きたな》いよね」

「汚《きたな》くはないと思いますけど……」

嘘《うそ》ではない。彼女の母親が掃除《そうじ》に来てくれていたおかげもあるのだろうけど、埃《ほこり》なんかはともかく、沙織《さおり》が洗濯《せんたく》物をためる方ではないのは、洗面所を見てわかった。汚《よご》れ物はランドリーボックスに入っていたから、畳《たた》まずに積みあがっていたのは洗濯《せんたく》済みの服だろう。洗濯機《せんたくき》は乾《かん》燥《そう》機一体型だったから、乾《かわ》いたものを出してそのままにしているに違《ちが》いない。

「散らかってるとは思います」

「だよねー……あとでやればいいかって思って、ためちゃうんだよね」

「でも、お弁当のトレーは洗ってからまとめてあるし、ゴミもたまってませんし」

そうなのだ。

部屋は乱雑だけれども、嫌《いや》な臭《にお》いはしない。食事を弁当や惣菜《そうざい》で済ませていても、生ゴミに相当するものは出るし、食べっぱなしにしておけば、異臭《いしゅう》を放つようになる。ゴミもたまっていないから、ちゃんと自分で捨てているのだろう——月一で母親がまとめて、という可能性もあるが、その頻度《ひんど》ではもっと汚《よご》れていると思った。

「ええ、そう?」

誉《ほ》めたわけではないのだが、沙織《さおり》はちょっと嬉《うれ》しそうだった。いつもいつも母親に怒《おこ》られてばかりなのかもしれない。

父に対して、つい注意ばかりになってしまう自分を思い出して、気をつけよう、と春夏《はるか》は思った。あくまで居《い》候《そうろう》の身なのだから、実家気分で踏《ふ》み込まないようにしないと。

とはいえ、だ。

「あの……どこまで片付けてもいいですか？」

春夏《はるか》は、聞いておかねばならないことを口にした。

性分《しょうぶん》として、この乱雑さをそのままにはしておけない。このままにしておけ、というのであれば、正直、あまり長くここには暮らせない。春夏《はるか》の部屋だけのことなら構わないが、共用部分が散らかっていると、片付けたくてむずむずしてしまう。

「え？　そりゃあ……片付けてくれるっていうなら、家中、好きに片付けてくれて構わないけれど……ダンボールなんかは基本、いらないものだし……」

「いいんですか？　洗濯物《せんたく》を畳《たた》んでも？」

「うん、全然。わたしの部屋以外は、家具の配置なんかも特にこだわりがあるわけじゃないから、動かしてくれて構わないよ。基本、引《ひ》っ越《こ》してきたときのまんまで使ってるだけだから。キッチングッズなんかも、自分の使いやすいものに入《い》れ替《か》えちゃっていいからね」

それは、嬉《うれ》しい申し出だった。

料理はやはり、使い慣れた道具がいい。

「じゃあ、お姉さんのお部屋以外は、わたしが掃除《そうじ》しますね」

「え？　わたしの部屋はしてくれないの？」

「していいんですか？」

「うん――っていうか、してくれるとすごく助かる。これまではママがやってくれてたんだけど、月一だと、やっぱりちょっと埃《ほこり》っぽいんだよね。せっかくの休日に、ベッドも追い出されちゃうし」

「朝、苦手なんですか？」

「そんなこともないけど、平日はきっちり起きてラッシュにもまれてるんだから、休みの日はゆっくりしたいじゃない？　まあ、それでもさすがに昼まで寝《ね》てることはないけど」

今の春夏《はるか》には無縁《むえん》の苦労だったが、気持ちはわかった。短い期間ではあったが、通勤の苦労は知っている。

もう一度あの世界に戻《もど》れる自信はなかったが、いつまでもここに居候《いそうろう》をさせてもらうわけにはいかないのだから、いずれは向き合わなければならないのだろう。

あの頃《ころ》は、毎日がよれよれだったが、沙織《さおり》のそんな様子は想像できなかった。

どんなラッシュにもまれても、降りたときには元通りのぴしっとしたスーツ姿で、さっそうと歩き出す気がする。

「とりあえず、ようこそ」

そう言って、沙織《さおり》が小さな手を差し出した。小さいのに、とても頼《たの》もしく見える。

「今日から、わたしたちは姉妹《しまい》だね」

「……よ、よろしくお願いします」

おっかなびっくり伸《の》ばした春夏《はるか》の手を、沙織《さおり》はつかむように握《にぎ》った。その手はとても熱く、もしかして風邪《かぜ》でも引いているのでは、と少し心配になったが、彼女の瞳《ひとみ》はうるんできらきらとしていて、具合が悪そうには見えなかった。

☆

(やっばい！　やっばいよ、あの子！)

沙織《さおり》は、自分の部屋で春夏《はるか》の手の温《ぬく》もりを反芻《はんすう》しながら、うろうろとうろつき回って、落ち着くことができなかった。

これまで自分は自立した強い女が好きだと思っていたのだが、どうやらそれは一面のことだったらしい。

春夏《はるか》の、あの所在なさげなおどおどとしたところ！

めちゃくちゃ庇護《ひご》欲がそそられる。

自信なさげに背中を丸め気味なところもいい。

あの姿勢だと大きな胸が重たそうで、見るだけでその重量が想像できる。そっと持ち上げてみたい、という欲望が、むくむくと湧《わ》き上《あ》がってくる。

(やっぱり、子供の頃《ころ》から大きかったのか……)

彼女がしてくれた初めてのブラの話を思い出して、大変だったろうな、と思った。

一番信頼《しんらい》できるはずの家族に、急激に変化する体のことを相談できないのは、すごく辛《つら》かっただろう。

幸い自分には母がいてくれた。

血は繋《つな》がっていなくても、同じ女であり、かつて同じ道を通った先輩《せんぱい》だ。そんな人が身近にいてくれたありがたさを、いまさらながらに思った。

春夏《はるか》の子供時代の担任が、よりそってくれる人でよかった。あの性格だと、自分から積極的に助けを求められなかったのじゃなかろうか。

自分の体が否応《いやおう》なく関係なく変わっていく怖《こわ》さは、簡単には言い表せぬものがある。そういうものだと頭でわかっていても心は別。それを家族で共有できないのは、本当に心細かったに違《ちが》いない。

それを思うと、春夏《はるか》を置いて出て行った名も顔も知らぬ彼女の母親に、とても腹が立った。

だが、所詮《しょせん》は他人のことだ。

それに、あんなに可愛《かわい》くなった彼女を知らないわけだから、その点はざまあみろ、と思うと、すこしだけ溜飲《りゅういん》が下がる。

まあ、他人と暮らすのは簡単な話じゃないということだ。何を捨ててしまってもこれ以上は無理、ということもあるのだろう。

残された方はとても傷つくのだけれど、それを思いやることもできないほど、気持ちが修復不可能になることはある。

元彼女との別れが思い出されて、喉《のど》がぐっと絞《し》まった。

もう平気になったと思っても、こういうふとしたときにあの時の気持ちが顔を出す。

一緒《いっしょ》に暮らすと決めたときには、彼女が自分の人生の錨《いかり》だと思ったのに、あっけなく流れてしまった。

恋愛《れんあい》には何の拘束《こうそく》力もない。気持ちだけの関係はとても不安定だ。友情だって同じ。相手が嫌《いや》だと思ったらそれきり。繋《つな》ぎとめることはできない。

だが、姉妹《しまい》は違《ちが》う。自分で切ることはできない。

本当は戸籍《こせき》上でも姉妹《しまい》になれたら安心だけれど、父との繋《つな》がりは残しておきたい。

母が向こうの籍《せき》に入ってしまえば、戸籍《こせき》上は孤立無縁《こりつむえん》になるけれど、母娘《おやこ》でなくなるわけではないし、何より世間は、これからも母娘《おやこ》と見てくれるはずだ。

同じように、自分と春夏《はるか》のことも姉妹《しまい》と見てくれるだろうし、そう喧伝《けんでん》するつもりだった。

新たな人生の錨《いかり》になってくれるはずだ。姉妹《しまい》は別れたりしないのだから。

（けど、困ったな……）

沙織《さおり》はうろうろしながら、人差し指の背を噛《か》んだ。

彼女は妹だ。

だが、自分はどちらかというと甘えたいタイプなのだ。よしよしするより、されたい。気質的には妹系なのかもしれない。

でも、今の自分は《お姉ちゃん》。

彼女もそう見ているはず。その印象の通り、しっかりとした頼《たよ》れる女のイメージを貫《つらぬ》いた方がいいだろうか。

しかしそうなると、家でもくつろげなくなってしまう。

何かヒントがないだろうか、と沙織《さおり》は本棚《ほんだな》に向き合った。

棚《たな》にはずらりと愛読書が並んでいる。《百合《ゆり》》と呼ばれるジャンルのコミックスだ。

隠《かく》そうかとも思ったが、しなかった。恥《は》じるところはないのだから、堂々と並べておくべきだと思ったのだ。

今の時代、まさかこれだけで義姉《ぎし》を《本百合《ゆり》》だとは考えないだろう。

ＢＬや百合《ゆり》は市民権を得つつある。たとえ創作であっても、それがきっかけに自分たちの存在が社会にとって当たり前になることはいいことだと思う。

（たしかこの辺に……）

背表紙を指でなぞっていき、とある本で止めた。そのまま引《ひ》っ掛《か》けるようにして出す。

唯汰《ゆいた》あおい先生の『お姉ちゃんは秘密の恋人《こいびと》』だ。幼い頃《ころ》に母親が再婚《さいこん》してできた姉に恋心《こころ》を抱《いだ》いた主人公が、思春期になってぐいぐいと距離《きょり》を詰《つ》めていくが、鈍感《どんかん》な姉は中々気づいてくれない、という物語だ。

妹は、最初は言葉で好意を伝えているが、その関係性ゆえに甘えているとしか思ってもらえないので、次第《しだい》にスキンシップが激しくなっていく。

姉妹《しまい》であることをいいことに、妹であるのをいいことに、あれこれとけしからん甘え方をして、姉を困惑《こんわく》させる。

「…………」

徐々《じょじょ》に意識させられて、気づけば妹を待ちわびるようになっている自分に戸《と》惑《まど》う姉がいい。

そうなると立場は逆転して、ちょっと小悪魔《あくま》的になる妹が、またいい。

（──はっ！　いけないいけない……つい読《よ》み耽《ふけ》ってしまった……）

名残惜《なごりお》しいが、沙織《さおり》は本を閉じて棚《たな》に戻《もど》した。

こんな妹に堕《お》とされてみたい。

春夏《はるか》には裏の顔があって、実はSっ気が──とか、ないだろうか！

（……ないだろうな）

人が思ってもみなかった面を持ち合わせているのは知っているが、さすがにそれは都合が良すぎる妄想《もうそう》というものだろう。

とはいえ、

『……お姉さん、わたしのことずっといやらしい目で見てましたよねえ？』

（とか、囁《ささや》かれたらどうしよう！）

想像しただけで、ぞくぞくした。真正面から体を屈《かが》めて目を覗《のぞ》きこまれて、くすくす笑いながらそんなことを言われたら――。

そこまで考えて、沙織《さおり》はハッとした。

待て待て。

違《ちが》う。そうじゃないだろう。

別に、彼女と恋人《こいびと》になりたいわけじゃな――くもないけれど、今は違《ちが》う。

関係性を間違《まちが》えては駄目《だめ》だ。

あくまでも姉妹《しまい》として、その仲を深めるにはどうしたらいいか、って話だ。

その中でまあ、ちょっとご褒美《ほうび》的に甘えられたらいいな、とは思うが、二人はあくまでも姉《し》妹《まい》であって、今はまだ、その先を望むべきではない。

（せっかくできた家族を、失いたくはないでしょ？）

沙《さ》織《おり》は自分にそう言い聞かせた。

過ぎたるは及《およ》ばざるがごとし、二兎《と》追うものは一兎《と》も得ず――部長の口癖《くちぐせ》が思い出されて、諺《ことわざ》には意味があるのだな、と少し見直した――部長のことではなく、諺《ことわざ》を。

（とにかく、もっと彼女を知らなくちゃ！）

そのためには、お酒だ。

この間の顔合わせの会話から、下戸《げこ》でないことは読み取っていた。

飲酒は大人の特権。

アルコールは理性を溶《と》かし、心の箍《たが》を緩《ゆる》ませる。今夜の歓迎会《かんげい》で、春夏《はるか》のことをもっと知って、距離《きょり》を詰《つ》めたい。

そのためにちょっと奮発して、豪華《ごうか》なデリバリーを頼《たの》んだのだ。シャンパンだって冷蔵庫で冷えていて、栓《せん》を開けてもらうのをいまや遅《おそ》しと待っている。

きっと楽しい夜になる――沙織《さおり》はそう信じて、疑うことはなかった。

4

「じゃあ、改めて……かんぱーい！」

沙織《さおり》の音頭《おんど》に、

「か、かんぱーい……」

春夏《はるか》は躊躇《ためら》いがちに合わせて、細長いグラスをおずおずと掲《かか》げた。

それの飲み口に、沙織《さおり》が自分のグラスを、ちん、と当てる。彼女はにこにこしながら、しゅわしゅわと泡《あわ》を立てるシャンパンを、ほとんどひとくちでぐいと呑《の》んだ。

春夏《はるか》もちびりと呑《の》む。

ぴりっとした苦味と辛味《からみ》、それと炭酸が舌を刺《さ》す。おいしい。お酒はあまり得意ではないが、日本酒とウイスキー以外なら呑《の》める。

空になったシャンパングラスを満たそうと瓶《びん》に手を伸《の》ばすと、制された。

「駄目《だめ》だよ、簡単にお酒を注ぐような女になっちゃ。ま、仕事だと、そういうのが必要な場面もあるけど、プライベートでそんなことする必要ない」

だが、春夏《はるか》はかまわず瓶《びん》を取って傾《かたむ》ける。こぽ、といい音を立ててシャンパンがグラスに満たされていく。

「好きなんです、こういうの」

くるっと瓶《びん》を回して雫《しずく》を切り、瓶《びん》を元の位置に立てる。

「飲み会とかだと、媚《こ》びてる、とか陰口《かげぐち》言われたりすることもあったんですけど、なんていうか……気になっちゃうんですよ」

「男子が？」

春夏《はるか》は首を横に振《ふ》った。

「お料理とかお酒が残されちゃうんじゃないか、って」

「え、そっち？」

「はい。せっかくのお料理が食べられずに残るのって、許せないんですよ。わたしも作るのが好きだからかもしれないですけど、残すくらいならどんどん配ってどんどん食べて欲しいな、って。だから、飲み会だとほとんど配膳《はいぜん》係になっちゃって」

もてませんでした、と続く言葉は呑《の》みこんだ。

恥《は》じているわけではないが、そんな話をするほどまだ親しくはない。近い内に姉妹《しまい》になる相手ではあるけれど、今はまだ他人だ。

春夏《はるか》はシャンパンを嘗《な》めた。

そんなに参加したわけではないが、人数合わせで合コンにはよく呼ばれた。時間中、配って食べてばかりで会話にも加わらないのがわかると、女の子からは重宝されたのだ。

そんな状態でも、男子からは連絡先《れんらく》の交換《こうかん》を求められた。それも一度や二度ではなかったが、親しくなりたいと思った相手はいなかったので、応じたことはなかった。

もしいたとしても、何を送りあったらいいのかわからない。

話したいこともない。

こっちの興味があるものにおそらく相手は興味がないし、逆もまた然り。盛り上がれないだろうと思う。いったい、世間の男女は何を共感しあっているのだろうと不思議だった。

「じゃあ、いっぱい食べよう！」

嬉しそうな沙織《さおり》の言葉に、春夏《はるか》は、はい、と答えた。

彼女の用意してくれた料理はフレンチのアラカルトで、どれもこれもおいしそうだった。デリバリーでも盛り付けはあまり崩《くず》れておらず、そのまま並べても見た目も立派なディナーになった。シャンパンはあらかじめ買っておいてくれていたようで、そのことが、自分が歓迎《かんげい》されているのだと思えて、ほっとした。

春夏《はるか》は沙織《さおり》の皿にコース的な流れを考えながら、料理を盛った。好きでやっているのだとわかってもらえたのか、彼女はにこにこと享受《きょうじゅ》してくれたので、気が楽になった。

「いただきます」

「いただきます」

二人は互《たが》いに軽く頭を下げ、カトラリーを手にして思い思いに食べた。空になったら次の料理を盛り、自分もその合間に食べて、シャンパンを呑《の》んだ。

複雑で手の込《こ》んだ料理を食べるのは好きだ。技術が違《ちが》いすぎて勉強にはならないけれど、おいしいものを食べるのは、単純に嬉《うれ》しい。

「春夏《はるか》ちゃんは、高校は共学？」

手を動かしながら、沙織《さおり》がそう聞いてきた。会話の糸口としては無難なところだろう。春夏《はるか》の《今》を訊《き》くよりは、ずっと切り出しやすい。

「女子高です」

そう言うと、何故《なぜ》か沙織《さおり》の手が止まった。瞳《ひとみ》が大きく見開かれて、それから泳いだ。口元が何故《なぜ》かぴくぴくしている。まるで、笑いを堪《こら》えているような。

「えっと、大学は？」

「そっちも女子大です」

「ふうん……そっかー、そうなんだー」

春夏《はるか》は首を傾《かし》げた。間違《まちが》いなく嬉《うれ》しそうなのだけれど、何がそんなにツボに入ったのか、わからなかった。

「沙織《さおり》さ――お姉さんは共学ですか？」

「わたしも女子高」

にやける、と言った表現がぴったりな表情で、ふふー、と笑う。

「そういうと、男は目を輝《かがや》かせるんだけどさ……ひっどいよね、あの環境《かんきょう》」

ああ、と春夏《はるか》は微笑《ほほえ》んだ。

言いたいことはわかる。世間の男は女子高に、淑《しと》やかで華《はな》やかな世界を夢見ているのだろうが、実際はカオスだ。

厳しいところもあるだろうけれど、春夏《はるか》の通っていた学校は比較的《ひかくてき》自由であったので、教室は化粧《けしょう》品や香水《こうすい》、ボディソープやヘアケア用品、それに個々の体臭《たいしゅう》が相まって、夏場は外から入ってくるとちょっと怯《ひる》むことがある。

「夏とか体育の後、普通《ふつう》にノーブラだったりしなかった？」

沙織《さおり》は、グラスをくるりと回転させた。

どうだったかな、と記憶《きおく》を探《さぐ》る。そういえば、そういう子は多かった気がする。

「……ですね」

「春夏《はるか》ちゃんは？」

「わたしは普通《ふつう》につけてました。してないと落ち着かないっていうか」

「あー……なるほど」

じ、と胸を見られて、春夏《はるか》は、あはは、と笑った。

不躾《ぶしつけ》な視線には慣れている。いちいち気にしていたら日常生活をおくれないから、仕方がない、と気持ちを押し込めている。

「っと、ごめん」

春夏《はるか》の気持ちに気づいたのか、沙織《さおり》は視線を外して、そう謝ってくれた。

「わたし、おっぱいって好きなんだよねー」

（え、なんの告白？）

唐突《とうとつ》な言葉に、春夏《はるか》は目を瞬《まばた》いた。

「ほら、わたしってこうでしょ？」

グラスを置き、自分の胸を下から持ち上げてみせる。確かに、春夏《はるか》に比べれば小さいが、それでも手を離《はな》すと、やわらかく揺《ゆ》れる。

「だから、うらやましくって」

沙織《さおり》は、再びグラスを手にして、くい、と呷《あお》った。

「それに綺麗《きれい》だよねえ、女の体って。別に、おっぱいだけじゃなくて。うちはママとずっと二人だったから、生で見る機会がなかったからかな？　男の裸《はだか》って、よっぽど鍛《きた》えてなかったら、みっともなくない？」

春夏《はるか》は、なんと返したらよいかわからず、苦笑いを浮《う》かべた。

同意はしかねるが、事実、風呂《ふろ》上がりの父の姿を見て、弛《たる》んだお腹《なか》、ぼうぼうに生えた脛毛《すねげ》なんかに、うわ、と思ったことはある。

「肌《はだ》もさ、こっちは物心ついた時から気を使って何十年も先を見据《みす》えて育ててるわけじゃん？けど、男ってその辺ずっと無頓着《むとんちゃく》に過ごしてくるから、ガサガサだし、凸凹《でこぼこ》だし、なんか脂《あぶら》ぎってるし……無理！」

家に男親がいないと、そういうふうに感じるものなのだろうか。

確かに、父の肌《はだ》を綺麗《きれい》だと思ったことはないが、かといって、汚《きたな》いと思ったこともない。そもそもそういう目で見たことがない。

「春夏《はるか》ちゃん、恋人《こいびと》は？」

今度も唐突《とうとつ》な質問に、春夏《はるか》は思わず、え、と返してしまった。

「あ、ごめん！　えっと……詮索《せんさく》じゃなくて、家のルールを決めておいた方がいいかなって思って。外泊《がいはく》する時は何時までには連絡《れんらく》を、とかそういうの。恋人《こいびと》がいたら、そういうこともあるでしょ？」

（ああ、そういうこと）

確かに、一緒《いっしょ》に住むならそういうルールは必要だ。実家でも、明確に決めていたわけではないけれど、なんとなくの決まりはあった。

「残念ながら、いません」

ここ数年はそういう精神状態ではなかった。だったらその前は？　というと、これもまた同様で、彼氏《かれし》いない歴イコール年齢《ねんれい》だった。遥《はる》か昔に告白されたこともあったけれど、逃《に》げるように断ってしまった。

にしても、沙織《さおり》がなんとなく嬉《うれ》しそうなのはなんなのだろう。なんかちょっと小馬鹿にされているようで、むかつく。

「そういうお姉さんは、どうなんですか？　彼氏《かれし》とかいるんですか？」

返事はわかりきっていたけれど、仕返しに訊《き》かずにはいられなかった。

だが──。

「彼氏《かれし》はいない。いたこともない」

即答《そくとう》だった。

その返事は、正直、意外だった。

女の自分から見ても、沙織《さおり》は魅力《みりょく》に溢《あふ》れている。きりりとした美人だし、きらきらしたオーラがいつも出ていて、目を逸《そ》らしたくなる。

だから、いて当たり前、返事を聞いて、ほらやっぱり、と自分を卑下《ひげ》して傷つくまで、予想していたのだけれど……。

「お姉さん、素敵《すてき》なのに」

思わず口をついて出てしまった。きっと、呑《の》みなれないお酒のせいだ。しまった、と口を閉じたが、出てしまった言葉は戻《もど》らない。

沙織《さおり》はちょっと驚いたように目を瞠《みは》って、それからその瞳《ひとみ》を嬉《うれ》しそうに細めた。

「ありがと」

くちびるから、言葉と共に笑《え》みが漏《も》れる。

春夏《はるか》はほっとした。よかった。気を悪くはしなかったみたいだ。

「お互《たが》い独り身かあ」

ふふ、と沙織《さおり》は笑った。自虐《じぎやく》ではなく、何故《なぜ》だか本当に嬉《うれ》しそうに見える。

「じゃあ、外泊《がいはく》とか、わたしの留守に男を連れ込んだりする心配はしなくてもいいね」

「それはまあ……はい」

もしいたとしても、外泊《がいはく》はともかく、ここへ連れ込んだりは絶対にしない。自分に置《お》き換《か》えてみて、見知らぬ男にいつも自分が使っているバスルームには入ってほしくはない。

自分が裸《はだか》になる場所で、赤の他人の男が裸《はだか》になるなど、恐怖《きようふ》すら覚える。

男がNGという話ではない。

実家では普通《ふつう》に父のあとでシャワーを使えていた。だがもし父が同僚《どうりよう》を連れてきて泊《と》めるという話になってシャワーを使わせるとしたら――やはり嫌《いや》だ。とっとと帰って自分の家で浴びてください、と思う。

それはきっと、本能的な恐怖《きようふ》だ。

まして自分は、ここへ居候《いそうろう》をさせてもらう身なのだ。沙織《さおり》が誰《だれ》を連れてきても自由だが、自分が勝手にそんなことをしていいとは思わない。

「じゃあ、次は家事の分担だけど」

「はい」

「顔合わせのときにうちのママが言ってたの、覚えてると思うけど、わたし、本当に家事が苦手なんだよね。掃除《そうじ》はするけど、床《ゆか》をまあるく掃《は》くんじゃありません、ってママに怒《おこ》られてたし、料理に至ってはまったくだめ」

床《ゆか》を丸く掃《は》く、というのは《手抜《てぬ》きをする》という昔の諺《ことわざ》だったはず。違《ちが》っただろうか。料理がどのくらい苦手なのかはわからないが、ここしばらくまったく火を使っていないのは、キッチンを見ればわかる。

「でも、お風呂掃除《ふろそうじ》はできるよ。あと、トイレも。この二つは綺麗《きれい》じゃないと我慢《がまん》できないんだよね。好きってわけじゃないけど、必要に駆《か》られてしてたらできるようになった。あとは、洗い物もできる！」

子供が自慢《じまん》するみたいで可愛《かわい》らしいな、と春夏《はるか》は笑いそうになった。でも、洗い物をしてもらえるのは助かる。

「では……料理はわたし、洗い物は、さお――お姉さんでいいですか？　トイレ掃除《そうじ》は週に一度は最低ラインで、担当は決めずにということでどうでしょう」

「うん、いいね」

「お風呂《ふろ》掃除《そうじ》はお任せしても？」

「任された。じゃあ、お風呂《ふろ》は春夏《はるか》ちゃん、わたしの順番だね。あ。わたし、普段《ふだん》、お風呂《ふろ》はごはんの前派なんだけど……」

「わかりました。それじゃあ、わたしはお姉さんが帰って来る前に入っちゃいますね。お姉さんがお風呂《ふろ》してる間に、ご飯を作ります」

「オッケー。会社から家まで一時間くらいだから、出る前に連絡《れんらく》する」

春夏《はるか》は頷《うなず》いた。

こんなふうにてきぱき決まっていくのは、気持ちがいい。さすがだ、と思う。自分は優柔《ゆうじゅう》不断《ふだん》なので、何事も時間がかかる。決めなくちゃ、と思うとそれが強いプレッシャーになって、息が苦しくなる。

シャンパンのグラスを傾《かたむ》け、しゅわしゅわした少し苦いお酒を喉《のど》へ落とす。目の辺りがほんのりと熱くなるのを感じながら、

（うまくやっていけそうかも）

と、春夏《はるか》は、多少の願いを込《こ》めて、そう思った。

☆

（春夏《はるか》ちゃんが、うちのお風呂《ふろ》に……入ってる……）

そう思うと、沙織《さおり》はそわそわした。

すっかり平らげて空になったデリバリーのケースはきちんと洗って水切りトレーに重ね、リビングのソファーで彼女が出てくるの待っている。

テレビは点《つ》いていたが、ボリュームを落としているせいか、内容はちっとも入ってこない。どうでもいいグルメ旅番組だということもあるけれど。

『それじゃあ……お風呂《ふろ》、先に頂きますね』

ちょっと照れたみたいに言う春夏《はるか》のビジュが、何度も脳内でリピートされている。猫背《ねこぜ》で、どこか申し訳なさそうなのが、いい。

お風呂《ふろ》を頂く——そんな言い回し、初めて聞いた。

なんだか、古風。

確か隣県《りんけん》に祖父が存命しているはずだから、その影響《えいきょう》かもしれない。

シングルの子育ては楽ではない。母も時々、叔母《おば》を頼《たよ》っていたから、同じように彼女の家も祖父の手を借りていたのかもしれない。

（春夏《はるか》ちゃん、女子高だったかー）

父子家庭でずっと実家暮らしだったから、女だけの空間には慣れが必要かも、と思っていたので、良かった。あの空気を知っているなら、あまり戸惑《とまど》うこともないだろう。

今まで誰《だれ》とも付き合った事がない、というのは意外だった。

女子高時代に出会いがなかったのはわかる。学校ではチャンスがないから、バイト先か、誰《だれ》かの伝手《つて》で男子と遊ばない限り、だらだらと三年間をすごすことになる。

とはいえ、イベント事は外せないので、バレンタインには友チョコや、友情か愛情かが曖昧《あいまい》なチョコが、恰好良《かっこう》かったり、読モをやっていたりする女子に贈《おく》られる。

もちろん、沙織《さおり》も贈《おく》ったし、貰《もら》った。

ほとんどは友チョコだったけれど、沙織《さおり》が贈《おく》ったのは本気のチョコだった。それは相手には伝わらなかったし、伝える気もなかった。学校という決して逃《に》げられない空間で、もし拒《こば》まれたら、と思うと勇気は出なかった。

自分の愛情の指向を自覚したばかりであったし、本当の意味での初恋《はつこい》でもあったけれど、だからこそ伝えられなかった。

それで良かったと思う。いまはもう連絡《れんらく》も取っていないし、するつもりもないけれど、思い出の彼女は、ずっと自分に優《やさ》しく笑いかけてくれる。繋《つな》いだ手の温《ぬく》もりも覚えている。ぎゅっと抱《だ》き合《あ》った体の柔《やわ》らかさや、甘い匂《にお》いも。

女子同士はパーソナルスペースの垣根《かきね》が低い場合が多いから、友達でもスキンシップに寛容《かんよう》だったりするので、そうした思い出が残っている。

もちろん人によるのだけれど、春夏《はるか》はどうだったのだろう。

沙織《さおり》は、自分が甘えたいタイプなのを自覚していた。性格的なことだけでなく、肉体的にもそうだ。人肌《ひとはだ》が大好きで、猫《ねこ》が甘えるようにくっつきたい。

唯汰《ゆいた》あおい先生の『お姉ちゃんは秘密の恋人《こいびと》』では、妹がぐいぐい迫《せま》っても姉はちっとも嫌《いや》がらない。くっついても、ふざけて頰《ほお》にキスをしても、ふざけて胸をもんでも、驚《おどろ》きもせずに笑って受け入れてくれる。

春夏《はるか》はどうだろうか。

自分と母もスキンシップは多めの方だったが、まさか彼女は父親とそうではあるまい。女子高だったのだから大丈夫《だいじょうぶ》かもしれないが、実際、どの程度の距離《きょり》感かは、試《ため》して確かめるしかないだろう——拒《こば》まないでくれると、嬉しいけれど。

がちゃ、とドアの開く音が聞こえて、沙織《さおり》の背筋は反射的にピンと伸《の》びた。

春夏《はるか》がお風呂《ふろ》から出てきた！

どんな恰好《かっこう》なんだろう、と想像すると、心拍《しんぱく》数が上がった。まさかバスタオル一枚ということは——なさそうだけれど、Tシャツ一枚だけ、というのはありえる。

高校での着替《きが》えは、隠《かく》す子もいたが、あけすけな子の方が多かった。

水泳の授業でも、下着までは当たり前、ブラを外すとなると比率は減るが、見られても大丈夫《だいじょうぶ》な子は少なくなかった。ショーツを脱《ぬ》ぐ段になると、さすがにみんな隠《かく》したけれど。

リビングと廊下《ろうか》を隔《へだ》てるドアには、明かり取りの縦に長いアクリルの不透明《ふとうめい》な窓がある。そこに春夏《はるか》の姿が映り、ゆっくりと窺《うかが》うように開いた。

「あの……お先に頂きました……」

半分ほど開いたドアから覗《のぞ》いた春夏《はるか》の恰好《かっこう》は、長袖《ながそで》長ズボンのスウェットだった。出ている肌《はだ》は手と顔くらいで、髪《かみ》はタオルで包んでいる。

(そりゃあそうだよねえ!)

まだ初日なのだ。ほぼ他人の家で風呂《ふろ》に入って、いきなりTシャツ一枚で出てこられるはずもなかった。

少し考えればわかることなのに、沙織《さおり》は自分の期待と妄想《もうそう》を、内心で笑った。いや、そもそもこの同居は姉妹《しまい》としてなのに、別なことも期待していたらしい、自分のことも。

気持《き》ちを切り換《か》えて、立ち上がる。

「わからないことなかった?」

お姉さんぽく、ちょっと外面モードでにっこりと笑いかける。

「は、はい」

頷《うなず》いた春夏《はるか》の頰《ほお》が、火照《ほて》って赤い。肌《はだ》がもちもちしているのが、見るだけでわかる。

つついてみたい、という欲望がむくむくとわきあがってきたが、押さえつけた。初日だということを忘れるな、と自分に言い聞かせる。

「じゃあ、わたしも入ってくるね。あ。冷蔵庫にあるものは、好きに飲んでいいからね。お風《ふ》呂《ろ》上がりは喉《のど》が渇《かわ》くでしょ？」

「ありがとうございます」

小さく会釈《えしゃく》をした春夏《はるか》の横をすり抜《ぬ》けるとき、いいって、という意味で、軽く肩《かた》に触《ふ》れた。

春夏《はるか》は驚《おどろ》かなかった。

身構えもしなかった。

ほぼ他人の自分のスキンシップを、抵抗《ていこう》なく受け入れてくれた。

（やったっ……！）

顔には出さなかったが、沙織《さおり》は震《ふる》えるほど嬉《うれ》しかった。彼女が女子高出身であることを、心から神に感謝した。いや、女子高でも嫌《いや》がる子は嫌《いや》がったけど。

洗面兼脱衣《けんだつい》所に入り、ドアを閉める。服を脱《ぬ》ぎ、ランドリーボックスに入れ——ようとして手が止まった。見慣れぬ下着がある。

（こ、これは……っ！）

自分の物でなければ、誰《だれ》のものかは明らかだった。答えはひとつしかない。

（春夏《はるか》ちゃんのっ）

心臓がどくんどくんと脈を打つ。念のため、ドアがちゃんと閉まっているのを確認《かくにん》して、そっと静かに鍵《かぎ》をかけた。

ランドリーボックスから、薄《うす》いピンクのブラをそっと持ち上げた。

おっきい、というのが最初の感想だった。

服の上からでもわかっていたつもりだったが、その予想を超《こ》えていた。思っていたより、二カップは大きい。

さすがにもう冷たくなっていたが、温《ぬく》もりや柔《やわ》らかさは思《おも》い描《えが》く事ができた。

顔を埋《うず》めたら、きっとすごく心地《ここち》いいだろう。この《妹》の胸で眠《ねむ》れたら、いままでで一番安らげるに違《ちが》いなかった。

(そのうちそのうち……)

思わずブラに顔を埋《うず》めそうになるのを抑《おさ》えて、春夏《はるか》のブラをランドリーボックスに戻《もど》した。床《ゆか》に落とした自分の服をその上に入れて、下着を脱《ぬ》いでそれも入れる。

バスルームの扉《とびら》を開けると、むわっと湿《しめ》った湯気が押し寄せた。

扉《とびら》を閉めると、いつもとは違《ちが》う花のような香りがした。たぶん、春夏《はるか》の使ったコンディショナーの匂《にお》いだろう。

女の子がいい匂《にお》いなのは、別に体臭《たいしゅう》ではなくて、こういう日々の努力の賜物《たまもの》だ。

(これが、春夏《はるか》ちゃんの匂《にお》いかー)

などと、さすがに自分でもちょっと気持ち悪いなこれ、と思いつつも、久々に嗅《か》ぐ自分以外の女の匂《にお》いにうっとりとしながら、沙《さ》織《おり》は、なにもないとわかりつつも、いつもより念入りに念入りに隅々《すみずみ》までよく、体を洗った。

5

枕元《まくらもと》に置いたスマートフォンのスヌーズの小さな音に、春夏《はるか》は目を覚ました。

カーテンの隙間《すきま》から差し込む朝の光に照らし出された景色がいつもと違《ちが》うことに、ぼんやりとした頭で気づいて、そうだ、ここはもう実家じゃないんだ、と思い出した。

なんだか忙《せわ》しない一日だった。

考えてみたら、他人の家を訪ねるのもずいぶんと久しぶりだった。ましてや泊《と》まるなんて中学生の頃《ころ》以来ではないだろうか。

(沙織《さおり》さん、いい人でよかった)

気さくに接してくれたので、こちらもあまり身構えなくてすんだ。もちろん緊張《きんちょう》はしたけれど、ケータリングは、とてもおいしかった。近所の店だという話だから、ランチをやっているなら、今度行ってみよう。

バスルームも、もちろん生活の汚《よご》れはあったがちゃんと綺麗《きれい》で、ほっとした。リビングの惨《さん》状《じょう》を見た時は大掃除《そうじ》を覚悟《かくご》したのだけれど、水廻《まわ》りをちゃんと綺麗《きれい》にしている人とは、やっていけそうな気がする。

乾燥《かんそう》して少し埃《ほこり》っぽい空気に、小さくくしゃみが出た。

とはいえ、今日は本格的に掃除《そうじ》をしよう。まずはリビングに詰《つ》まれたダンボールをどうにかしなければ。全てはそれからだ。

スマホを見ると、まだ六時半だった。朝食は八時くらいに食べられると助かる、と言われていたから時間は十分ある。

（着替《きが》えた方がいいかな……）

スウェットを見下ろして、どうしよう、と考えた。実家では、いつもこのままでエプロンだけを着けて家事を始めるのだが、二日目でそれはあまりに図々《ずうずう》しいかもしれない。歓迎《かんげい》はして貰《もら》えているようだけれど、うまくやって行けるかどうかはまだわからなかった。

ベッドを下りてスリッパを履《は》く。

とりあえず、トランクの中から七分袖《そで》の白のハイネックのトップスにAラインのワンピースを出して、それに着替《きが》えた。その上から、お気に入りのエプロンを着ける。そうすると、靄《もや》のようにまとわりついていた眠気《ねむけ》が、嘘《うそ》のように消えた。

キッチンに向かい、朝食の準備をしながら、

（沙織《さおり》さんも、女子高だったのかー）

昨夜の会話を思い出し、少し、懐《なつ》かしい気持ちになった。面倒《めんどう》くさいことも多かったけれど、

それでもあの頃《ころ》は、気楽で楽しかった。

家ではできない話が、たくさんできるのも良かった。

父とは何でも話せる仲ではあったけれど、それでも全部ではない。とくに体のことは相談できなかった。そんな時は、学校の友達、先輩《せんぱい》が頼《たよ》りになった。

春夏《はるか》は高校で三年間、生徒会に所属していたが、生徒会長にはずいぶんと可愛《かわい》がってもらった。懐《なつ》いていた自覚はあったし、大好きな先輩《せんぱい》だった。卒業式には自分でも驚《おどろ》くくらいべしょべしょに泣いた。

（元気かなー、先輩《せんぱい》）

あれきり会っていないけれど、なんとなく沙織《さおり》に雰囲気《ふんいき》が似ていた気がする。だから、思っていたよりも緊張《きんちょう》せずにすんでいるのかもしれない。

レンジがピピピと鳴って、春夏《はるか》はホットサンドメーカーをひっくり返し、再び調理を開始した。こうすることで両面にしっかり熱が入る仕組みだ。

調理が終わり、蓋《ふた》を開けると綺麗《きれい》に焼き目が付いていた。同じものをもうひとつ作る。パンは六枚切りだから、ひとつを二人で半分にした量では、足りないだろう。

コーヒーもサーバーに落ち切り、保温に切《き》り替《か》わるのを確認《かくにん》してから、春夏《はるか》は沙織《さおり》を起こすためにキッチンを出た。

何時に起こしてほしいと頼《たの》まれたわけではないが、昨夜の会話から、いつもこのくらいに起きているのだろうと考えて、逆算して目覚ましをかけたのだ。

「さお——お姉さん、起きてますか？」

扉《とびら》の前で声をかけてみたが、返事はなかった。

レバータイプのドアノブを押すと、難なく開いた。自分の部屋もだが、このマンションは、バストイレ以外には鍵《かぎ》は付いていない。

実家もそうだったので、抵抗《ていこう》はなかった。一緒《いっしょ》に暮らすことになるのが義兄《ぎけい》や義弟《ぎてい》ならともかく、義姉《ぎし》に対しては必要性を感じない。

「入りますよ？」

扉《とびら》を開けて中に入ると、甘い匂《にお》いがした。実家ではついぞ感じなかった匂《にお》いだ——自分ではない女の匂《にお》い。

カーテンの隙間《すきま》から微《かす》かに差し込む光に部屋はうっすらと明るかったが、常夜灯程度だったので、目を覚ますほどではなかった。

真《ま》っ直《す》ぐ窓に向かい、重めの遮光《しゃこう》カーテンを開いた。東向きではないので直接ではないが、それでも朝の光が一気になだれ込んできて、部屋の闇《やみ》を吹《ふ》き払《はら》った。

振《ふ》り向《む》いた春夏《はるか》は、

（わ……）

と声を上げそうになった。

ベッドに——小動物が寝《ね》ていた。

春夏《はるか》の頭に浮《う》かんだのはヤマネ。丸くなって冬眠《とうみん》する、凶悪《きょうあく》に可愛《かわい》いあの小動物だった。それが人の姿をし、ベッドに寝《ね》ていた。

上下灰色のスウェット姿で、膝《ひざ》を抱《かか》えるようにして眠《ねむ》る沙織《さおり》は、まるで子供のようだった。あまり寝相《ねぞう》が良くないのか、掛《か》け布団《ぶとん》がベッドの端《はし》でおちそうになっている。まださほど寒さは厳しくないが、それでも明け方は冷える。それでこんな寝相《ねぞう》なのだろう。

「お姉さん、朝ですよ？　朝食ができるから、起きてください」

掛《か》け布団《ぶとん》を畳《たた》みながらそう声をかけたが、丸くなったますうすうと寝息《ねいき》を立てるばかりで、起きる気配はない。

仕方なく、春夏《はるか》は義姉《ぎし》の肩《かた》に手を置いて、軽く揺《ゆ》さぶった。スウェットの上からでも、彼女の体の熱を感じた。睡眠《すいみん》中は体温が上がる人なのだろう。それならば、掛《か》け布団《ぶとん》を蹴飛《けと》ばしてしまうのもわかる。

「お姉さん」

少し強く揺《ゆ》すると、

「ん……」

沙織《さおり》は小さく呻《うめ》いて、丸くなったまま片目を開け、寝《ね》ぼけ眼《まなこ》で春夏《はるか》を見た。

驚《おどろ》くかな、と思ったが、平気だった。実家にいた頃《ころ》はこんなふうに、いつも母親に起こして

もらっていたのかもしれない。

「……おはよ」

「おはようございます。もうすぐ、朝ごはんできますよ」

「ん……いま何時――」

沙織《さおり》の言葉を遮《さえぎ》って、彼女のスマホがアラームを鳴らした。よかった。タイミングは悪くなかったみたいだ。

「着替《きが》えたら行く……」

本当に冬眠《とうみん》から目覚めたばかりみたいに、沙織《さおり》はのっそりと体を起こした。まだ眠気《ねむけ》が残っているのか、こっちを見ない。

「わかりました。それじゃあ、待ってますね」

そう言って、春夏《はるか》は部屋を出た。

何度起こしても寝《ね》てしまって、最終的には力ずくでベッドから引きずり出さなければならないような寝起《ねお》きの悪さでなくて良かった、と思いながら。

ホットサンドを切り分けてテーブルに並べる頃《ころ》には、きっと起きてくるだろう。

☆

(びっくりしたびっくりしたびっくりした！)

ベッドの上で背中を丸めて座ったまま、沙織《さおり》は、ばくばくいう心臓の音がどうか聞こえませんように、と願いながら、春夏《はるか》が部屋を出て行くまでそのままでいた。

油断した。

考えてみれば、朝食を作ってくれるのだから、でき上がる時間に起きてこなければ、起こしに来るのは当然だ。

(寝顔《ねがお》、見られたよねえ……！)

さすがに涎《よだれ》は垂らしていなかったみたいだけれど、どすっぴんを見られた。昨日もノーメイクだったけれど、寝起《ねお》きの顔はまた別だ。多少は浮腫《むく》んでいるだろうし。

それにしても、馴《な》れた感じだった。態度がいつもしているそれだった。

多分、実家では毎朝、父親のことを起こしていたのだろう。母から彼の寝起《ねお》きについては聞いてはいなかったが――聞きたくはない――手間がかかるタイプなのかもしれない。

自分は違《ちが》う。

いつもはスマホの目覚まし一発で起きるし、眠気《ねむけ》も残らない。

今朝は、その前に春夏《はるか》が起こしに来たのと、昨夜は少し呑《の》み過ぎたし、これからの生活を考えたら楽しみで中々寝付《ねつ》けなかった、そのせいで、ちょっとだらしなくなってしまった。

(挽回《ばんかい》しなくては！)

沙織《さおり》は部屋を出ると洗面に飛び込み、手早く顔を洗ってちゃっとスキンケアだけをして部屋に戻《もど》り、出社用のスーツに着替《きが》えた。

いつもは出かけるぎりぎりまでパジャマでいるのだけれど、今朝だけは別だ。さすがにメイクはあとにする。

鏡を覗《のぞ》いて手櫛《てぐし》で髪《かみ》を整え、どうかな、と確認《かくにん》した。姉の威厳《いげん》は取《と》り戻《もど》せているだろうか。わからないが、先刻よりはいいだろう。

「よし」

声に出して最後に澱《おり》のように残っていた眠気《ねむけ》を払い、沙織《さおり》は廊下《ろうか》へ出た。廊下《ろうか》からはリビングが丸見えで、コーヒーとおいしそうなトーストの香りがした。テーブルに朝食を並べるエプロン姿の春夏《はるか》に、頬《ほお》が緩《ゆる》みそうになった。

（わたしはお姉ちゃん、わたしはお姉ちゃん）

心の中で呪文《じゅもん》のように繰《く》り返《かえ》して、沙織《さおり》は気持ちを作った。そう、わたしは頼《たよ》れるお姉ちゃん――そうあらねば！

☆

「あ、お姉さん――」

沙織《さおり》の気配を感じて振《ふ》り返《かえ》った春夏《はるか》は、続く言葉を忘れてしまった。

（わ……）

完璧《かんぺき》な大人の女性が、そこに立っていた。大人とはこういうものだ、と全身で語りかけてくるかのようだった。

スーツ姿は凜々《りり》しく、綺麗《きれい》に梳《と》かされた髪《かみ》は、照明の下で天使の輪をかぶっている。メイクはしていないはずなのに、すっぴんでこれとは、美人が過ぎるというものだ。どういう光の加減なのか、後光まで差している。

「おはよう」

にっこりと微笑《ほほえ》まれ、春夏《はるか》はどぎまぎした。

眠気《ねむけ》を欠片《かけら》も感じさせない声に、この人は本当にさっきまで寝《ね》ていたあの人と同じ人物なのだろうか、と疑った。ベッドの上で丸まっていたヤマネのような小動物とはまるで別人だ。

「……春夏《はるか》ちゃん？」

「あ！　お、おはようございます……」

挨拶《あいさつ》ならさっき済ませたのに、思わずそう返してしまった。実は彼女は二人いて、部屋のベッドではまだヤマネみたいな彼女が寝《ね》ているんじゃなかろうか、などと、埒《らち》もないことを考えてしまった。

なんだろう、鼓動《こどう》が速い。

こぼさないように気をつけながら、サーバーからカップにコーヒーを注いだ。

テーブルにはすでに切り分けたホットサンドが置かれている。ハムの赤とチーズの黄色、キャベツの緑のコントラストが美しい。パンの表面の焼き目と香り、断面から蕩《とろ》け流れるチーズが食欲をそそる。いい出来だった。

「わあ、おいしそう！」

座った沙織《さおり》の前に、春夏《はるか》はコーヒーを置いた。彼女は、ありがとう、と言ってコーヒーに砂糖とミルクを入れて掻《か》き混《ま》ぜる。

春夏《はるか》が席に着くの待って、

「いただきます」

自然に、二人してそう言っていた。

いただきます、は父との食卓《しょくたく》では当たり前に使っていたけれど、他人と囲んだテーブルで言ったのは覚えていないくらい久しぶりだった。

友達との外での食事で、いただきます、を言ったことはないから、これは《家族》の間でしか行われない儀式《ぎしき》なのかもしれない。

（え、もう？）

沙織《さおり》の気持ちはわからないが、自分はすでにそういう気持ちでいるのかもしれない、と気づいて、春夏《はるか》は驚《おどろ》いた。まだたった一日——いや、半日だ。確かに昨夜は楽しかったし、うまくやっていけそうかも、と思ったが、それにしても、だ。

沙織《さおり》はそうした驚《おどろ》きを少しも感じていない様子で、ホットサンドにかぶりついた。顔は小さいのに、ずいぶん大きな口を開けて食べる。それでいて食べ方は綺麗《きれい》だった。

ばくん、と一口で三角形に切ったホットサンドの三分の一が消える。顔は小さいのに、ずいぶん大きな口を開けて食べる。それでいて食べ方は綺麗《きれい》だった。

思わず、ずっと見ていてしまいそうになる。作った料理を人が食べるところを見るのが、春《はる》夏《か》は好きだった。おいしそうに食べてくれると、作った甲《か》斐《い》がある。

ごくりと白くて細い喉《のど》が動いて、

「おいしい！」

と、沙織《さおり》はそう言ってくれた。

よかった、と思いながら、春夏《はるか》もホットサンドを齧《かじ》った。沙織《さおり》と違《ちが》って、齧《かじ》る、という表現がぴったりな食べ方だと自分でもわかっていた。口が開かないわけではないが、そうすると口《くち》の端《は》から零《こぼ》れてしまい、みっともない食べ方になってしまう。

父によく指摘《してき》され、中学の頃《ころ》には自然と今の食べ方になっていた。だから、豪快《ごうかい》に食べる人を見るのが好きだったし、うらやましくもあった。

春夏《はるか》が三分の一を食べる間に、沙織《さおり》は一切れをもう食べ終わっていた。コーヒーを飲み、くちびるを親指で擦《こす》って、それをぺろりと舐《ねぶ》った。

なんだか、すごく絵になる。軽く伏《ふ》せた目の長い睫《まつげ》も、唾液《だえき》で濡《ぬ》れた親指が朝陽《あさひ》にきらりと輝《かがや》くのも。

（やだ、わたし……）

また見入っていた自分に気づいて、春夏《はるか》は我に返って紙ナプキンを差し出した。受け取りながらまた、ありがと、と彼女はいい、親指を拭《ふ》いて、にっこりと微笑《ほほえ》んだ。

「本当、料理が上手なんだね」

「いえ、そんな……こんなのは材料を並べてあとはレンジにおまかせなので、上手《うま》いとか、そんなことないです」

「そうなの？　このレベルの物が大したことがないっていうなら、本気を出した春夏《はるか》ちゃんの料理が、楽しみになっちゃうな」

「え――？」

そう捉《とら》えるのか、と春夏《はるか》は驚《おどろ》いた。

高校でお弁当を作っていくと同じように誉《ほ》められることがあったけれど、つい卑下《ひげ》をしてしまって厭味《いやみ》か当て付けかのように取られることがほとんどだった。

ただひとり、生徒会長だけは、

『へえ。じゃあ今度、本気のお弁当、作ってきてよ』

と言ってくれた。

結局、勇気のないあの頃《ころ》の自分は彼女の言葉を笑って流してしまい、その機会はなかったけれど、もしも作っていたらどんな感想をくれたのだろう、と思うことはある。

「夕飯、楽しみにしてるからね」

にっと笑う沙織《さおり》の姿が生徒会長と重なって、懐《なつ》かしさに胸が僅《わず》かに締《し》め付《つ》けられた。

「何が食べたいですか？」

高校生の頃《ころ》とは違《ちが》う。いまの春夏《はるか》は、素直《すなお》にそう訊《き》くことができた。

「そうだなあ……やっぱり和食がいいかな。洋食はコンビニのお弁当でもおいしいのはたくさんあるけど、和食ってないんだよね。なんか、味気ないっていうか」

なんとなくわかる。

家庭での洋食の代表格と言えば、カレーやパスタだと思うが、どちらもルーやレトルトを使うことがほとんどだ。家庭によって差が出るのは、ハンバーグくらいだろうか。

和食の場合は、そうした物が少ない。大皿料理は別として、おひたしにしても、煮物《にもの》にしても、自分で味を決める。家や人によってこだわりが出るから、平均値を取るコンビニの惣菜《そうざい》や弁当を物足りなく感じるのかもしれない。

「苦手なものってありますか？」

「ありません。あ――リクエストしていい？」

「……いちおう、はい」

「肉じゃが。春夏《はるか》ちゃんの肉じゃがを食べてみたい」

「それなら……はい」

材料さえあれば、レシピを見なくても作れるくらいには馴染《なじ》みのある料理だ。それ一品でも十分おかずにはなるけれど、他にも何か作ろう。

「やった、楽しみ！」

くくく、と喉《のど》の奥で笑うと、沙織《さおり》は二切れ目のホットサンドもあっという間に平らげて、喉《のど》を鳴らしてコーヒーを飲んだ。

洗い物は彼女の担当だから、待たせないように春夏《はるか》も慌《あわ》てて食べた。

ちょっと忙しない。

朝は、沙織《さおり》は出勤する時間があるから、洗い物は自分がした方がいいかもしれない。せっかく作った料理は、ちゃんと食べたかった。

（まだまだ、話し合うことがありそう）

喉《のど》に痞《つか》えそうになったホットサンドをコーヒーで無理やり飲み込んで、春夏《はるか》は空になった食器を沙織《さおり》の待つシンクに運んだ。

☆

「リビングのテレビはネットに繋《つな》がってるから、やることなかったら、サブスクの番組でも観《み》るとのことだった。

「あと、わたしの部屋の本とかも自由に読んでいいからね。それじゃあ、いってきまーす」

家を出て真《ま》っ直《す》ぐな廊下《ろうか》を歩きながら、沙織《さおり》は何度も手を振《ふ》った。エレベーターに乗り込んでカーゴが下がって見えなくなるまで、手を振《ふ》り続けた。

子供みたい、と春夏《はるか》はくすくす笑いながらドアを閉めた。

今日は燃えるゴミの日だったが、廊下《ろうか》のダストシュートに落とすだけで済むので、沙織《さおり》が捨ててくれた。収集場所まで持っていかなくて済むのは楽だ。

リビングに戻《もど》って、ぐるりと見渡《みわた》して片付けを始めた。

ダンボールの山を畳《たた》んでまとめ、掃除《そうじ》機をかける。リビング、廊下《ろうか》と済ませて、沙織《さおり》の部屋に入ると、今朝とは違《ちが》う匂《にお》いがした。メイクをしたその残《のこ》り香《が》だろうか。

中も荷物は積まれていたが、リビングほど乱雑ではなかった。

服は種類別に畳《たた》んで、ベッドの上に並べておく。さすがにクローゼットを開けるのは躊躇《ためら》われた。来てまだ二日目で、閉まっている棚《たな》を勝手に開ける蛮勇《ばんゆう》はない。

一息ついて窓の傍《そば》に立ち、レースのカーテンを開けて外を眺《なが》めた。

陽は入るけれど、景色はいいとはいえない。駅近の物件だから周りもビルだらけで、空はきてて」

玄関《げんかん》で靴《くつ》を履《は》きながら、沙織《さおり》はそう言った。主要な配信会社のサブスクには大体加入していり取られたようにしか見えない。

(なんか不思議……)

だった。

こんな時間に、いつもと違《ちが》う空を眺《なが》めているのが。

もう何年も旅行にも行っていないし、友達の家に泊《と》まるようなこともなかった——そんな仲の人もいない——ので、朝の空は実家からしか見ていなかった。

レースのカーテンを閉めて、光がやわらかくなった部屋を見回した。

机はパソコンと、スマホが接続できるスピーカーシステム、あとは書類らしき物で占《し》められている。多分、家でも仕事をするタイプなのだろう。その分の賃金は支払《しはら》われるわけではないが、それでもやらなければならないこともある。

苦い思い出が蘇《よみがえ》ってきて、春夏《はるか》は眉《まゆ》を顰《ひそ》めた。

自分にもそういう時期があった。お金にならなくても、キャリアには繋《つな》がると。結局、全ては無駄《むだ》になったのだったけれど。

胃が締《し》め付《つ》けられる感覚に、春夏《はるか》は机から目を引《ひ》き剝《は》がした。

無職になったあとで、無理をして嫌《いや》なことに向き合う必要はないんだよ、と父は言ってくれて、それで本当に救われた。

恋人《こいびと》ができて、心変わりをしたようだけれど。

（いきなりひとり暮らししろとか、鬼《おに》なの？）

踵《きびす》を返《かえ》しながら、春夏《はるか》は父を憎《にく》たらしく思った。しかもその理由が、自分たちがイチャイチャしたいからだなんて。

確かに、親のそういうところは見たくはないけれど、だったら二人で外泊《がいはく》するとか、いくらでもやりようはあるはずだ。

そんなに四六時中、べたべたしていたいのだろうか。

これまで恋人《こいびと》がいたことがない春夏《はるか》には、わからなかった。

初恋《はつこい》すら、覚えがない。

クラスで女子に人気な男子を、他の子と同様に恰好《かっこう》いいと思いはしたが、好きだったかといわれると、そういう気持ちにはならなかった。

男子に憧《あこが》れることもなかった。

憧《あこが》れとは、自分もああいう人になりたい、という気持ちだと春夏《はるか》は思っている。自分は女で男にはなれないのだから、そういう気持ちを抱《いだ》くことがなかった。

憧《あこが》れたのは、いつも女子だ。

恰好《かっこう》いいアイドル。素敵《すてき》な読者モデル。俳優や――学校の先輩《せんぱい》。ああなりたい、と何度も夢見たことはある。手を伸《の》ばそうと思ったことも。

（何にも、誰《だれ》にも、届かなかったけどね）

春夏《はるか》は、自分のぷよっとした手を見つめて、苦笑《くしょう》した。

でも、もう思い出だ。

なりたいと思ったからってなれるわけではないことを、大人の自分は知っている。夢は裏切らない、とか、きっと叶《かな》う、とか、そんなのは嘘《うそ》で、人はなれるものにしかなれない。

そう受け入れたら、生きるのが楽になった。さすがにそれに甘えすぎて、とうとう父にも家を追い出されることになったが。

（まさか、義理のお姉さんと暮らすことになるとは思わなかったけど）

とんとんと進んだ話に、父は明らかに戸惑《とまど》っていたし、恐縮《きょうしゅく》もしていた。同時に安堵《あんど》もしていたのは、さすがにいきなりひとり暮らしをさせるのは、どこかで後ろめたく思ってくれていたのかもしれない。

それは愛だと思うから、父を許せた。

（本当、沙織《さおり》さんには感謝……）

そんなことを思いながら、春夏《はるか》は彼女の部屋の壁際《かべぎわ》の本棚《ほんだな》を眺《なが》めた。

書架《しょか》には、その人の形が出るといわれている。

バリバリ働く女のイメージから、ビジネス書がずらりと並んでいると思っていたのだが、そういう本もあるけれど、棚《たな》の多くを占《し》めるのは、

（コミック？）

のようだ。
背表紙のタイトルを追うも、まったく統一感がない。
――『わたしのことが本当に好きなの？』
――『リリーガーデンの秘密』
――『大嫌《だいきら》いな上司を出張で徹底的《てっていてき》に堕《お》とす話』
――『異世界に行ったら女しかいなかった！』
――『やがて縁側《えんがわ》で二人で紅茶を』
――『お姉ちゃんは秘密の恋人《こいびと》』
――『コミック・百合《ゆり》アンソロジーベスト』
（百合《ゆり》？）
ガーデニングの漫画《まんが》だろうか。
春夏《はるか》は背の天に指をかけてそれを引き出した。表紙は可愛《かわい》い女子が二人。なんだか不自然なほど近い距離《きょり》で並んでいる。腰《こし》に回した手が、友達のそれじゃない気がする。
ぱらり、と開いて、飛び込んできた絵に驚《おどろ》いて心臓が跳《は》ねた。
――女の子同士が、キスをしていた。
おふざけの軽いノリのそれではなく、情熱的な、気持ちのこもったキスシーンだった。
（ああ、そういう……）

春夏《はるか》はようやく理解した。

そういえば聞いたことがある。コミックの分類で、男同士の恋愛《れんあい》をBL、女同士の恋愛《れんあい》を百《ゆ》合《り》と言うのだと。

つまりこれはガーデニングの漫画《まんが》ではなく、女の子と女の子の恋愛《れんあい》を描《えが》いたものなのだ。

「………」

立ったまま春夏《はるか》はページをめくった。

ちょっと興味が湧《わ》いた。

恋愛《れんあい》物は、コミックでも小説でもほとんど読んだことがなかった。自分には関係のない世界の話に思えて通ってこなかったし、ミステリーやサスペンスでも、とってつけたような恋愛《れんあい》要素は邪魔《じやま》だと思う方だった。

唯一《ゆいいつ》許せたのはスラッシャー映画で、あれはお馬鹿なカップルが状況《じようきよう》も考えずにいちゃつき始めると次には殺される、というお約束なので、受け入れられた。

(女の子が女の子に恋《こい》をするって、どういう流れでそうなるんだろう……)

刺激《しげき》的ではあったけれど、途中《とちゆう》からではシチュエーションしかわからなかったので、春夏《はるか》は本の頭に戻《もど》って、ページをめくった。

☆

（沙織《さおり》さん、ああいうのが好きなんだ……）

近くのスーパーで買ってきたおはぎを昼食にして、ティーバッグのお茶をカップで飲みながら、春夏《はるか》は、沙織《さおり》の本棚《ほんだな》にずらりと並んだ本のことを考えていた。

百合漫画《ゆりまんが》というものを、初めて読んだ。

アンソロジーだからか、ひとつひとつは短かったけれど、いろいろなタイプの話が読めて面《おも》白《しろ》かった——そう、面白《おもしろ》かったのだ。

同性同士の恋愛《れんあい》は、この頃《ごろ》はメディアでもよく見るシチュエーションになったけれど、それをメインにしたものを読んだのは初めてだった。

女の子同士でこんなことしちゃうの？　的な、過激なシーンもあったが、苦手だとは思わなかった。むしろ——どきどきした。

これまで、どんな恋愛《れんあい》物を読んだり、見たりしても、ふうん、としか思わず、感じず、胸がときめくことも、昂《たか》ぶることもなかったのだが、あの本は違《ちが》った。

登場人物たちの恋心《こいごころ》が痛いほど伝わってきたし、ラブシーンもとても綺麗《きれい》だった。

正直、男女のそれはどうしても、

(動物っぽいなあ)

と、どこか距離《きょり》を置いてしか観《み》られなかったのだが、女の子同士だとそういう印象は抱《いだ》かなかった。漫画《まんが》だからかとも思ったが、思い出してみると漫画《まんが》でも男女のラブシーンには同じように感じていたから、メディアの問題ではないのだと思う。

(わたし、ああいうの好きだったのかー)

考えたこともなかった。

ＳＮＳのお勧《すす》めにも出てきたことがなかったし、誰《だれ》かに勧《すす》められることもなかった。存在は知っていたけれど、わき目に見ながら、ふうん、と通り過ぎてきた。

まさか、こんなに心が揺《ゆ》さぶられるものだったなんて。

なんだかまだ、ふわふわしている。

体もあったかい。

もしかして百合《ゆり》は、体にいい？

(……なーんてね)

洗い物をすべく、春夏《はるか》は立ち上がった。

(あとで、何かもう一冊くらい読んでみようかな……)

片づけが済めば、後は夕食の支度《したく》まで、特に予定はなかった。

いまの唯一《ゆいいつ》の収入源であるレシピの〆切りも、少し先だ。落ち着くまでそれどころではないかもしれない、と予定は来週に組んでおいたのだ。

とりあえず、彼女の本棚《ほんだな》に並んでいるものは、きっと間違《まち》いがないだろう。あそこにあった本は、どれも大事に扱《あつか》われているようであったから。

沙織《さおり》に訊《き》いたら、色々とお勧《すす》めを教えてくれるだろうか。あんなふうに堂々と本棚《ほんだな》に並べているのだから、秘密にしているわけではあるまい。

今夜する会話ができたことに、春夏《はるか》は心が軽くなった。黙々《もくもく》とする食事はきつい。お互《たが》いの生《お》い立《た》ちは、昨夜、あらかたしてしまったから、どうしようかと思っていたのだ。趣味《しゅみ》の話なら、きっと話も弾《はず》むだろう。

少し軽くなった気持ちで春夏《はるか》は、さてもうひと働き、と気合いを入れた。

☆

こんな風な気持ちで家に帰ってくるのはいつ振《ぶ》りだろう、と沙織《さおり》は思った。

エレベーターが降りてくる僅《わず》かの時間も、わくわくするような、どきどきするような、不思議な気持ちで落ち着かない。

何時頃《なんじごろ》に帰ります、とメッセージを送り、週替わりで駅の構内に出店しているスイートポテトをお土産《みやげ》に買った。一瞬《いっしゅん》、花も頭に過ぎったが、

（新婚《しんこん》さんじゃないんだから！）

と思いとどまった。

（姉妹《しまい》。あくまでも姉妹《しまい》）

自分にそう言い聞かせながら、到着《とうちゃく》したエレベーターに乗り込んだ。

それにしても、人がいる家に帰るのはいつ振《ぶ》りだろう。母が来るのは月末だったし、母を残して一人で出かけるようなこともなかった。用事がある時は一緒《いっしょ》に家を出て、帰ったときには家は空っぽだった。

けれど、今日は違《ちが》う。妹が待っている。そう思うと、廊下《ろうか》をスキップしそうになった。スイーツが崩《くず》れるのでしなかったけれど、気持ちは弾《はず》んでいた。

鍵《かぎ》を開け、

「ただいまー」

と言いながら、ドアを開けた。

ふわ、と暖かい空気と料理の匂《にお》い、それから——女の子の甘い香りがした。

ぱたぱたとスリッパを鳴らしながら、朝とは違《ちが》うワンピースで、エプロンを着けた春夏《はるか》が、リビングから小走りに現れた。

（風呂《ふろ》上がり！）

ほんのりと上気した頰《ほお》と、頭にタオルを巻いた姿に、沙織《さおり》のテンションは爆上《ばくあ》がった。

そういう順番と取り決めたのだから、予測してしかるべきだったのだが、すっかり忘れていた。完全に不意打ちだった。

「お、おかえりなさい……」

ちょっと猫背《ねこぜ》でぎこちなく迎《むか》えてくれた春夏《はるか》に、沙織《さおり》はどうしようもなくそそられた。

大型の小動物、という矛盾《むじゅん》するイメージがたまらない。

気弱な仔熊《こぐま》とか、実際にいるのかはわからないが、そういう類が大好物なので、抱《だ》きしめたくなる衝動《しょうどう》を抑《おさ》えるのが大変だった。

「はい、おみやげ」

気遣《きづか》いもできるお姉さん、という態《てい》を保ちつつ、箱を差し出す。

「あ、ありがとうございます……」

春夏《はるか》はぎこちなく笑《え》みながら、箱の把手《とって》を持ち、底に手を添《そ》えて、とても大事なものであるかのようにそれを受けとった。

「お風呂《ふろ》、先に頂きました……」

「うん。じゃあ、わたしも入ってくるね」

「はい。ええと……今夜はお姉さんの希望通り、肉じゃがにしましたから……」

「やった、うれしい」

にひ、と笑ってみせて、沙織《さおり》は自分の部屋の照明をつけて中に入った。背中で扉《とびら》を閉めながら、リビングへ去っていくスリッパの音を聞いた。

クローゼットを開け、スーツを脱《ぬ》いでハンガーにかけた。シャツはまとめて週末にクリーニングに出すので、バスケットに突《つ》っ込んでおく。

ベッドを見ると、脱《ぬ》ぎ散らかしておいた部屋着が綺麗《きれい》に畳《たた》んであった。

(掃除《そうじ》してくれたんだ)

それでいつもより埃《ほこり》っぽくないのか、と沙織《さおり》は納得《なっとく》した。

畳《たた》んでくれた部屋着を手にし、どうしよう、と考えた。いつもは下着姿のままバスルームに直行だ。どうせ脱《ぬ》ぐものをいちいち着るのは手間だから。

とはいえ、今日はキッチンに春夏《はるか》がいる。見られたら恥《は》ずかしい——わけではないが、姉の威厳《いげん》が崩《くず》れてしまわないだろうか。

(いや、ここはあえていつもどおり)

部屋着を脇《わき》に抱《かか》え、沙織《さおり》はバスルームに向かった。

繕《つくろ》ったところで、そう長く保つものでもあるまいし、家はくつろげる空間であって欲しい。窮屈《きゅうくつ》なのは御免《ごめん》だった。

残念ながら——幸い、春夏《はるか》はキッチンから出てこなかったので、見られはしなかった。

ちゃっちゃと裸《はだか》になってバスルームに入る。濡《ぬ》れた床《ゆか》に、春夏《はるか》がシャワーを浴びた痕跡《こんせき》を感じて、我ながらキモ、と思ったが、こういう状況《じょうきょう》はとても久しぶりだから、うまく感情がコントロールできない。

(暴走しないように気をつけないとなー)

あくまでも春夏《はるか》は《妹》だということを忘れないようにしなければ。彼女が《本百合《ゆり》》をどう思うのかはまだわからない。せっかく手に入った新しい《家族》だ。失いたくはない。

一時間ほどで風呂《ふろ》を出て、スウェットを着て、髪《かみ》をタオルで巻く。長いので乾《かわ》かすのにはすごく時間がかかる。面倒《めんどう》だとは思うが、髪《かみ》をあれこれアレンジするのは趣味《しゅみ》なので、我慢《がまん》できる。顔のスキンケアを済ませて廊下《ろうか》に出ると、おいしそうな肉じゃがの匂《にお》いがした。

(ビールあったっけ)

そう思いながらリビングに入ると、春夏《はるか》が丁度、テーブルセッティングをしていたところだった。良かった。ちょっと長湯だったかな、と思ったのだが、大丈夫《だいじょうぶ》だったらしい。

「あ、もうよそっちゃいます?」

沙織《さおり》に気づいた春夏《はるか》が振《ふ》り返《かえ》って微笑《ほほえ》んだ。

ずきゅん、ときた。

(妹というより、こんなの彼女じゃん!……いや、ママか?)

甘やかさと懐《なつ》かしさが同居する感じに、そんな考えがぐるぐると頭の中を回りながら、

「うん」

と、沙織《さおり》はなんとか平静を装《よそお》って頷《うなず》くことができた。

「……ビールあったかなー……」

キッチンに戻《もど》る春夏《はるか》を追いかけるように、沙織《さおり》もキッチンに向かった。

鍋《なべ》から肉じゃがを器《うつわ》によそう、うつむき加減の春夏《はるか》の後ろの髪《かみ》が割れて、綺麗《きれい》なうなじが剝《む》き出《だ》しになっていた。

そそられる。ぽわぽわした後《おく》れ毛《げ》が可愛《かわい》い。肉じゃがの甘辛《あまから》い匂《にお》いの中に、彼女自身の甘い香りもする。

（……ちょっとくらいならいいかな？　いいよね？　姉妹《しまい》なんだし……）

そろりと近づいて、背中に、ぴた、と体を押し付けた。

自分の方が背が低いから、彼女の手元を覗《のぞ》き込むにはこうやって密着するしかない――という言い訳で。

（……お？）

春夏《はるか》は、驚《おどろ》いたり逃《に》げたりしなかった。

女子はパーソナルスペースが狭《せま》い子が多いとは思うが、触《ふ》れられることに拒否《きょひ》反応を示す子もいる。やはり春夏《はるか》は前者のようだ。

（やった！）

これは嬉《うれ》しい。これなら、姉妹《しまい》なんだから、という理由でスキンシップができる。結構、過激なことも大丈夫《だいじょうぶ》なはず――だって、唯汰《ゆいた》あおい先生の本では、そう描《えが》いてある！

もっと春夏《はるか》を感じたくて、ほとんど後ろから抱《だ》きしめるみたいに体を押し付けながら、ちょっと爪先立《つまさきだ》ちになって、手元を覗《のぞ》き込んだ。

「わ、おいしそう」

反射的に、そう声に出してしまった。

器《うつわ》に盛られていく肉じゃがは、本当においしそうだった。

飴色《あめいろ》に味が染《し》みたじゃがいもと、紅色の人参《にんじん》のコントラストが鮮《あざ》やかで、くし型に切られた玉葱《たまねぎ》もとろりと煮《に》えて、くにゅくにゅした牛肉もたっぷりと入っている。

甘辛《あまから》い匂《にお》いがたまらなく食欲をそそる。

ぐう、とお腹《なか》が鳴ってしまい、恥《は》ずかしくて沙織《さおり》は体を離《はな》した。もっとくっついていたかったけれど、彼女の肉じゃがも早く食べたかった。

「春夏《はるか》ちゃん、ビールは？」

「あ。頂きます」

「おっけー」

グラスを二つ出して冷蔵庫を開ける。良かった、あった。五〇〇ミリ缶《かん》でいいだろう。

その間に、春夏《はるか》は肉じゃがをテーブルに運び、戻《もど》ってきてごはんをよそった。白米が、母が来た時にしか使わない茶碗《ちゃわん》に盛られて、湯気を立てる。

「お姉さんのお茶碗《ちゃわん》は、どっちですか？」

「こっち」

桜の紋様《もんよう》が描《えが》かれた方を指して、グラスとビールをテーブルに運んで、缶《かん》のプルトップを開けた、ぷしゅ、と小気味良い音を立てた缶《かん》から、ゴールドのお酒をグラスに注ぐ。綺麗《きれい》な泡《あわ》を作る間に、夕食の準備は済んだ。

今夜のメインは肉じゃがで、柴葉漬《しばづ》けが添《そ》えられている。

「それじゃあ……おつかれさま」

「……おつかれさまです」

何に対しての『おつかれさま』かは謎《なぞ》だが、乾杯《かんぱい》代わりの定番の挨拶《あいさつ》だ。グラスを掲《かか》げて、まずはひとくちビールを呑《の》む。

（かあーっ！）

と、声に出そうになるのを、ぐっと堪《こら》えた。おじさんのような真似《まね》はさすがにできない。

春夏《はるか》は、ビールとは思えない、嘗《な》めるようなちびちびした呑《の》みかたをした。なんとなく、猫《ねこ》が水を飲む様に似ているなあ、と思ったが、どちらかというと虎《とら》か、と思い直した。ビールはあまり好きじゃないのかもしれない。覚えておこう。

「それじゃあ、いただこうかなっ」

箸《はし》を手にし、飴色《あめいろ》に煮《に》えて表面がとろりとしたじゃがいもに刺《さ》した。気持ちよく、すっと通る。そのまま落とさないように気をつけながら、口に運ぶ。

「うんっ」

おいしい。甘さもくどくないし、芋《いも》の味もしっかりと残っている。人参《にんじん》も食べてみた。最悪なのは芯《しん》が残って噛《か》んだ時にごりっとするやつだが、春夏《はるか》の作った肉じゃがの人参《にんじん》は中まで柔《やわ》らかく味が染《し》みていた。

「どうですか……？」

「おいしいよ！　これはごはんが進むわー」

肉と、くたくたになった玉葱《たまねぎ》を一緒《いっしょ》にごはんにバウンドさせてから口に運ぶ。タレの染《し》みたごはんを追いかけるみたいに食べる。

食べっぷりに、気を使って言っているのではないとわかったのか、春夏《はるか》は安心した顔になって自分も箸《はし》を手にした。

「今日はどうだった？」

食べながら、沙織《さおり》は訊《き》いた。会話も食事のスパイスだ。

「この辺、探索《たんさく》してみた？」

「はい。少しですけど……いいスーパーがありますね。うちの方ではあまり見ない野菜や魚も並んでいたので、献立《こんだて》を考えるのが楽しみです」

「そうなの？　そういう視点で見たことなかったから、気づかなかったなー」

「ちょっとお高めですけど」

「そうなんだ」

実家の近くのスーパーの相場を覚えていないので、実感はできなかった。そういえば《彼女》もそんなことを言っていた気がする。ふうん、で流していたけれど。

「あ。部屋の掃除《そうじ》もありがとね。前にママが来たときからそのままだったから、埃《ほこり》っぽいかもって思ってたんだ。綿埃《わたぼこり》とか、見かけたら拾うんだけど、掃除《そうじ》機って面倒《めんどう》で」

料理を平らげ、満足感をつまみにビールを呑《の》みながら、沙織《さおり》はそう言った。すでに二杯《はい》目で缶《かん》は空になっていたが、春夏《はるか》のグラスはまだ半分も残っているから、新しい缶《かん》を開けなくても良さそうだった。少し物足りないくらいが丁度いい。

大丈夫《だいじょうぶ》です、というように、春夏《はるか》は首を縦に振《ふ》った。

それから少しの間、リビングにはビールを呑《の》む音だけが響《ひび》いた。

普段《ふだん》、ひとりで食事をする時はネットの動画配信なんかをかけているのだけれど、人と食べる時はかけないのが習慣だったので、春夏《はるか》がなにか言いたそうにしていることに、沙織《さおり》は気づくことができた。

とはいえ、なんと水を向けたものか。何かわたしに言いたいことがあるのかな？　と訊《き》くのは、ちょっと圧が強い。希望があるなら言ってほしいが、二日目でそこまで図々《ずうずう》しくはできない、という感じだろうか。

欲しい調理器具とか、そういう話だろうか、と沙織《さおり》はあたりをつけたが、沈黙《ちんもく》に耐《た》えかねたように春夏《はるか》が口火を切ったのは、まったく別の話だった。

「……お姉さん、ああいう本、好きなんですか？」

「ん？」

ああいう本、が何を指すのかがわからず、沙織《さおり》は首を捻《ひね》った。

春夏《はるか》は、ええと、とどこか口にしずらそうにしていたが、

「……掃除《そうじ》の時に、本棚《ほんだな》に並んでいた漫画《まんが》を見かけて……」

どきん、とした。

あまりに動揺《どうよう》したせいで、手の中のグラスがちゃぽんと音を立てた。

「あれ、お仕事の資料だったり……？」

春夏《はるか》が何を読んだのかは、すぐにわかった。なぜなら沙織《さおり》の部屋に、漫画《まんが》はあれらしかなかったからだ。

唯汰《ゆいた》あおい先生を始めとした——百合漫画《ゆりまんが》。

隠《かく》すつもりもなかったし、部屋にある本は読んでいいよ、と誘《さそ》うような真似《まね》もしたけれど、いきなりいくとは思っていなかった。雑誌なんかもいろいろあるし、インテリアとして買ったおしゃれな写真集なんかもあるから、まずはその辺りに手を伸《の》ばすかと思っていた。

（そっか、読んだか……）

とはいえ、これはカミングアウトにはならない。指向が違《ちが》っても、百合《ゆり》やＢＬが好きな人は

たくさんいる。

「ああいう本って、百合漫画《ゆりまんが》のこと？」

平静を装《よそお》い、一応、確認《かくにん》する。漫画《まんが》は他にないが、それでも念のため。もしかしたら、沙織《さおり》が思ってもいない本を、春夏《はるか》が漫画《まんが》だと認識《にんしき》している可能性もある。

だが、春夏《はるか》はこくりと頷《うなず》いた。

確定だった。

沙織《さおり》は彼女がどう感じているのかを読み取ろうと、その顔をよくよく見た。こちらを見る目に拒絶《きょぜつ》の色はない――と思いたい。

「そ。好きなの」

できるだけ、さらりと言えたと思う。唇《くちびる》を付けたグラスの中で泡《あわ》の消えたビールが、ちゃぽちゃぽと音を立てていたけれど。

「春夏《はるか》ちゃんはどうだった？」

何気なく。流れるように訊《き》いてみた。あくまでも世間話の態《てい》で。服の下で心臓は床《ゆか》を踏《ふ》み鳴《な》らすみたいにばくんばくん言っていたのは、ひた隠《かく》して。

「うーん……興味深かったです」

（え？　どういう意味？）

曖昧《あいまい》にぼやかした答えに、沙織《さおり》は思わず首を傾《かし》げてしまった。

誤解させてしまったと取ったのか、春夏《はるか》は焦《あせ》ったように、

「あの、否定的な意味じゃなくて！　面白《おもしろ》かったって言っていいのかどうか、わからなくて、それで！」

ああ、と沙織《さおり》は頷《うなず》いた。

「ナイーヴだもんね。でも、面白《おもしろ》かったのなら、面白《おもしろ》かったでいいと思うよ？　漫画《まんが》は楽しんでもらうためのものなんだから」

「じゃあ……面白《おもしろ》かったです」

ほっとした。

問答無用で、無理、と拒絶《きょぜつ》反応を示す子もいる。少なくとも百合漫画《ゆりまんが》を楽しめるなら、秘密への最初のハードルは越《こ》えたと思っていいかもしれない。もちろん漫画《まんが》と現実は違《ちが》うということは重々承知している。

ええと、と春夏《はるか》は言葉を選んでいる様子で続けた。

「ああいう本、初めてだったんですけど……すごく良かったです。なんだか……どきどきしちゃいました」

「何を読んだの？」

「アンソロジー？　っていうんでしたっけ。いろんな短編が載《の》っている本……」

あれか。

最初のセレクトとしてはいいのを選んだ。いろいろなシチュエーションが載《の》っているから、ひとつくらいは刺《さ》さる――こともある。

「わたし、恋愛《れんあい》ものってほとんど読んでこなかったんです」

くるくるとグラスを回しながら、春夏《はるか》は言った。

「そうなの？　春夏《はるか》ちゃんは、少女漫画《まんが》とか少女小説を通ってこなかった口？」

「人気の作品にはいくつか手を伸《の》ばしてみたんですけど、恋愛《れんあい》作品にはピンとこなくて。男子にときめいたりしたことがないってこともあるのかもしれないですけど、主人公が男の子にどんどんのめり込んでいくのが、現実感がないっていうか……」

わかる。

沙織《さおり》はうんうんと首肯《しゅこう》した。自分も男に恋心《こいごころ》を抱《いだ》いたことがないので、世に溢《あふ》れる異性愛の物語にはどうしても共感が抱《いだ》けない。

だからって、もしかして春夏《はるか》も《本百合《ゆり》》？　――とはいえない。そうじゃなくても《百合《ゆり》》を楽しむ同好の士はたくさんいる。

「けど、百合《ゆり》にはピンと来た？」

春夏《はるか》は頷《うなず》いた。

「恋《こい》って、憧《あこが》れの延長線上にあったりもするじゃないですか？　学生の頃《ころ》、女の子に憧《あこが》れたことはあったので、そういうことかな、と思うとすんなり受け入れられました」

「そっかー……」

沙織《さおり》は、目の前が明るく、そして輝《かがや》いているように思えた。

百合《ゆり》を抵抗《ていこう》なく受け入れられるなら、本当の義姉《ぎし》のことを知っても拒《こば》まないでいてくれるかもしれない。少なくとも、反射的に拒否《きょひ》されることはないんじゃないだろうか。

(そうなら嬉《うれ》しいな……)

家族に秘密を持ち続けるのは、つらいことだ。本当は母にも打ち明けたいのだけれど、拒《こば》まれたらと思うとできない。何度か水を向けたことはあったが、理解を得られそうな反応ではなかったので、先に進むことはできなかった。

だが、少なくとも春夏《はるか》には可能性がある。初めの扉《とびら》は開かれた、と思う。

「気に入ったんなら、他のも読んでみたら?」

「お姉さん的には、どれがお勧《すす》めですか……?」

「そうだなあ」

沙織《さおり》は本棚《ほんだな》のコレクションのラインナップを思い起こした。どれも素晴《すば》らしい作品だ。あの中から一作選ぶのなら――。

「……唯汰《ゆいた》あおい先生の『お姉ちゃんは秘密の恋人《こいびと》』、かな?」

一番の推《お》しを、沙織《さおり》は上げた。

正直、タイトルといい、内容といい、少しどころではなく、ぶっこみすぎかとも思ったが、実際、一番好きな作品ではある。

入門的なものなら『わたしのことが本当に好きなの？』がいいと思うが、推《お》したいのはやはり、『お姉ちゃん〜』しかない。

タイトルからして今の状況《じょうきょう》を髣髴《ほうふつ》とさせる作品だが、それはどう思うだろう、と考えながら沙織《さおり》は春夏《はるか》の表情を窺《うかが》った。

「……じゃあ今度、貸してください」

少し拍子《ひょうし》抜《ぬ》けするような反応だった。春夏《はるか》の中では、何も結びついていないようだ。

けれど、ほっともした。

家族として出発したばかりなのに、変に意識されて、ギクシャクしても困る。

だったらもっと無難なものを勧《すす》めればいいのだけれど、推《お》したい欲とのバランスをどう取ればいいのかは、自分でもよくわからなかった。

「わかった。面白《おもしろ》いよー」

言って、沙織《さおり》は乾杯《かんぱい》をするようにグラスを掲《かか》げた。どうか彼女も同じように感じてくれますように、と願いながら。

6

スマホの音で目を覚ました春夏《はるか》は、少しだけ重たい頭で体を起こした。上掛《うわが》けが滑《すべ》り落《お》ち、肌《はだ》を撫《な》でる朝のひんやりとした空気が目を覚ましてくれる。

この部屋にも慣れてきた。引《ひ》っ越《こ》して来てまだ数日だけれども、なんとなく自分の家だと思えてきた。

パジャマから部屋着に着替《きが》えて少し厚手の靴下《くつした》を履《は》き、部屋を出る。沙織《さおり》を起こさないように、そっと廊下《ろうか》を歩いてリビングに向かう。

ダンボールがすっかり片付いた部屋は、見違《みちが》えるように広くなってすっきりした。下からゆったりと座れるソファーが現れて、わあ久しぶり、と沙織《さおり》は喜び、食後はそこでくつろぐことが多くなった。

その時に大抵《たいてい》、

「春夏《はるか》ちゃん、春夏《はるか》ちゃん」

と、隣《となり》に座るように呼ばれる。

乞《こ》われるままに座ると、大抵《たいてい》、寄りかかられた。二《に》の腕《うで》に、義姉《ぎし》の腕《うで》や背中がぴったりとくっついて、温かい。

これまで生きてきて、人肌《ひとはだ》に接する機会は、覚えている限りそれほどなかったので、それはとても新鮮《しんせん》だった。

物心ついてからはさすがに、父とも手を繋《つな》いだり腕《うで》を組んだりもしなくなったので、高校の頃《ころ》以来だろうか。

生徒会長は、沙織《さおり》と同じくスキンシップが多めの人だったので、よく抱《だ》きつかれたり、手を繋《つな》いだりもした。

一番多かったのはバックハグで、ふざけて胸をつかまれるのは、くすぐったくて困ったけれど、子供のいたずらのようなもので、ことさらに拒《こば》もうとは思わなかった。

春夏《はるか》は壁《かべ》に掛《か》けてあったエプロンを着け、キッチンに立った。タイマーをかけておいた炊飯《すいはん》器からは炊《た》き立てのご飯のいい匂《にお》いがする。

今朝はパワーが出るやつがいい、とリクエストがあったので、焼き牛丼《ぎゅうどん》にするつもりだった。

あまり朝から食べるメニューではないが、やっぱり肉は元気が出る。

焼き牛丼《ぎゅうどん》は、玉葱《たまねぎ》を薄《うす》切りにして牛コマ肉と一緒《いっしょ》に炒《いた》め、砂糖と醤油《しょうゆ》、味醂《みりん》で味付けをしてご飯に盛るだけの簡単なもので、紅しょうがと葱《ねぎ》をのせればいろどりもいい。

牛肉は火がすぐに通るので、玉葱《たまねぎ》を切った段階で味噌汁《みそしる》にかかり、具が煮《に》えた頃合《ころあ》いでフライパンに向かった。

薄《うす》くスライスした玉葱《たまねぎ》が透《す》き通《とお》ってきたところで肉を入れ、手早く炒《いた》める。少し赤味が残っているくらいで、味醂《みりん》、砂糖、醤油《しょうゆ》の順番で入れては混ぜる。少し水気が飛んでタレがとろりとしてきたら火を止める。

あとは盛り付けるだけなので、冷めないように蓋《ふた》をして、沙織《さおり》を起こしに向かった。

軽くノックをして、

「お姉さん、入りますよ……」

一応、声をかけてからドアを開ける。やっぱり、というか、この数日でわかったが、沙織《さおり》はあまり寝起《ねお》きが良くない。目を覚ましてしまえば、すぐにしゃきっとするのだけれど、それまでは手間がかかる。

ベッドの上には上掛《うわが》けがこんもりと丸くなっていて、沙織《さおり》の姿は見えない。

それを横目に春夏《はるか》は窓に寄ってカーテンを開けた。朝日がベッドに射《さ》すことはないが、部屋の闇《やみ》を払《はら》うには十分な明るさになる。

上掛《うわが》けを剥《は》ぐと、沙織《さおり》は胎児《たいじ》みたいに丸くなっていた。

(ヤマネみたいで可愛《かわい》い)

と、見るたびに思う。このときだけは、姉が子供のように思える。

「お姉さん。朝ごはん、できてますよ」

肩《かた》に触《ふ》れて揺《ゆ》する。

掌《てのひら》に伝わる体温は高く、熱があるんじゃないかとドキリとするが、寝起《ねお》きの体はこういうものらしい。物心ついた頃《ころ》には、誰《だれ》かと一緒《いっしょ》に寝《ね》ることはなかったから、わからなかった。

修学旅行の時はクラスメイトの女子と同じ部屋だったけれど、起こしも起こされもしなかったから、気づかなかった。

「お姉さん」

少し強めに揺《ゆ》すると、

「んん……」

むずかるみたいな声を漏《も》らして、沙織《さおり》が目を開けた。瞳《ひとみ》が揺《ゆ》れて春夏《はるか》を捉《とら》えると、何故《なぜ》か少し嬉《うれ》しそうにくちびるがほころぶ。

「もう朝……？」

「そうですよ。起きてください」

「わかった……着替《きが》えたら行く……」

言いながらのっそりと起き上がるのを確認《かくにん》して、

「二度寝《ね》はだめですよ？」

念を押して、春夏《はるか》はリビングに戻《もど》った。起きて来るまでに朝食のセッティングを済ませてしまう。箸《はし》を並べ、コップに水を注ぐ。それからキッチンに戻《もど》って、小鍋《こなべ》とフライパン、両方を再び温め、仕上げに掛《か》かる。味噌《みそ》を溶《と》いて、沸騰《ふっとう》させないように気をつけながら、丼《どんぶり》にごはんをよそい、肉を盛り付けて煮《に》詰めたタレをかける。それと味噌汁《みそしる》をよそった椀《わん》をテーブルに運んでいると、後ろから、

「おー、こりゃすごい」

と、すっかり目の覚めた沙織《さおり》の声がした。

振《ふ》り返《かえ》ると、彼女はまだ寝巻《ねま》きのスウェットのままだった。髪《かみ》も適当に結んだだけで、まるで休日のような装《よそお》いだ。

「お姉さん、今日はお休みだったんですか……？」

「ん？　ああ、この恰好《かっこう》？　違《ちが》う違《ちが》う」

笑いながら、沙織《さおり》は席に着いた。春夏《はるか》もエプロンを外して、背もたれにかけて座る。

「今日はリモートワークなの。わたしは出社したいほうなんだけど、会社の方針で週に二日はリモートなんだよね」

「なのに、パワーが欲《ほ》しいんですか？」

箸《はし》を手にしながら訊《き》く。

「会議があるのよ……いただきまーす」

沙織《さおり》は丼《どんぶり》を片手に持ち、初手からばくばくと掻《か》き込むように食べ始めた。

テーブルに置いたままで口の方で迎《むか》えに行く春夏《はるか》とは、対照的な食べ方だ。さすがに味噌汁《みそしる》椀《わん》は手に持つけれど、彼女のように喉《のど》を鳴らしては飲まない。夕食の時はさほどでもないけれど、朝は彼女の早さについていこうと思ったら、咽《むせ》てしまいそうだった。

「ごちそうさま」

春夏《はるか》が半分も食べない内に、沙織《さおり》の丼《どんぶり》は空になってしまった。

「おいしかったー！　朝から牛丼《ぎゅうどん》とか、初めて。これなら今日の会議、乗り切れそう」

「よ、よかったです……」

頑張《がんば》って食べながら、春夏《はるか》は答えた。決して沙織《さおり》は急《せ》かしたりはしないが、食べ終わらないのを申し訳なく思ってしまう。自分が済んだからといって席を立ったりしないので、早くしなければ、という気持ちにさせる。

急ぎすぎて、けほん、と小さく咳《せ》き込んでしまった。

「あ、ごめん！」

気づいた沙織《さおり》がそう謝った。

「春夏《はるか》ちゃんはゆっくり食べて――って、言われて、そうはできないか。あんまりおいしかったから、ついアクセル踏《ふ》んじゃった」

「い、いえ……わたし、昔から遅《おそ》いので……」

給食のときはいつも焦《あせ》って食べていた。高校生でお弁当が選べるようになって、ようやく気持ちが楽になった。量の加減で周りにあわせることができたから。

今朝も沙織《さおり》に比べれば小盛りにしたのだが、今日の彼女はいつもよりも早かった。それもあって、気が急《せ》いてしまって、正直、味わう余裕《よゆう》がなかったのだけれど、おいしいと言ってもらえてほっとした。

「わたしは早いんだよねえ……腹ペコの仔犬なの？　ってよく言われた」

その形容があまりにぴったりで、春夏《はるか》は思わず笑ってしまった。

気が楽になって、その後はちゃんと自分のペースで食べることができた。沙織《さおり》はその間、席を立たずに会話を挟《はさ》んで付き合ってくれた。

嬉《うれ》しかった。

朝は忙《いそが》しいのだから、とっとと自分の食器をシンクに運んで仕事の準備に掛《か》かってくれてもよいのだけど、一人で黙々《もくもく》と食べるのは、やはり寂《さび》しい。

初めから一人の食卓《しょくたく》ならばともかく、二人なのだからごちそうさまも一緒《いっしょ》に言いたい――と思うのは、自分のわがままだ。けれど、沙織《さおり》は何も言わずにそれに付き合ってくれる。

ごちそうさまでした、と言って春夏《はるか》が席を立つと、沙織《さおり》は自分の食器をシンクに運んで、

「じゃあ、よろしくね」

と言って洗面に向かった。話し合って、朝の食器洗いは春夏《はるか》が担当することになった。その方が効率的なので、と説得して。

しばらくして沙織《さおり》が戻《もど》ってきたが、その姿を見て、春夏《はるか》は思わずふきだしてしまった。

（ええ⁉）

と驚《おどろ》いた。

顔は、いつものようにしっかりとメイクを終えている。髪《かみ》も、編んでしっかりと後ろでまとめてある。

だが——服がおかしかった。

上がダークグレーのジャケットに白いシャツなのに、下はスウェットのままなのだ。

着替《きが》えの途中《とちゅう》というわけではないだろう。

スーツは洗面所ではなく部屋に置いてあったはずなので、わざわざパンツだけ部屋着のままにしたとしか思えなかった。

というより、今日はわざわざ着替《きが》えなくてもいいはずだ。

「お、お姉さん、今日はリモートじゃないんですか？」

笑いを噛《か》み殺《ころ》して、そう訊《き》いた。

出社しなくてもいいのに、どうして上だけ着替《きが》えたのだろう——と、不思議に思ったのだけれど、答えはすぐに出た。

「WEB会議はカメラ付きだからね。まあ、そんなに画質がいいわけじゃないから、すっぴんでもいいんだけど、気合いの問題」

気になったのはそこじゃないんだけど、と思いつつも、納得《なっとく》した。

カメラで顔を見ながらのリモートでの打ち合わせはしたことがなかったので、そういう可能性に思い至らなかった。

(けど、本当にいるんだ……)

また笑ってしまいそうになるのを何とか堪《こら》えた。

上だけきちんとしていて、立ち上がった時に下を穿《は》いていなかった、という動画を見たことがあるけれど、ネタだと思っていた。

(けど、可愛《かわい》いな)

《姉》にそんなこと思うのは失礼なのかもしれなかったが、表情がきりりとしている分、余計におかしみがある。

顔については、メイクで気持ちを整える人はいて、沙織《さおり》はそのタイプらしい。季節の限定品を予約して買ったりもすると言っていた。春夏《はるか》は真逆で、スキンケア以外は面倒《めんどう》に思えて、メイク道具もずいぶん昔に買ったものをずっと使っていた。

「……コーヒー、淹《い》れます?」

「いいの? やった!」

子供のように喜んでくれる相手に、何かをするのは嬉《うれ》しい。父のためにもコーヒーを淹《い》れていたが、反応は希薄《きはく》で、いま思うとつまらなかった。

「じゃあわたし、会議の準備をするから、はいったら教えて」

「はい」

軽く手を振《ふ》って踵《きびす》を返《かえ》した沙織《さおり》の背中にそう答えて、春夏《はるか》は冷蔵庫からコーヒー豆を取り出して、コーヒーメーカーにざらざらと投入した。

コーヒーがはいったことを知らせると、今日の沙織《さおり》はいつものマグではなく、金属のカップにそれを注いで、粉ミルクをたっぷりと淹《い》れて掻《か》き混《ま》ぜた。

「保温マグなの」

上半身は会社で下半身は家という面白姿の義姉《ぎし》は、そう言って自慢《じまん》をするように笑った。保温保冷マグなら春夏《はるか》も持っている程度のありふれたものだが、それを誇《ほこ》るみたいな顔をする沙織《さおり》が、面白かった。

彼女が部屋に引っ込んでしまうと、春夏《はるか》は洗い物を済ませて、食材のチェックなどをしながら何が作れるかをあれこれ考えて、それから、自分のコーヒーを手に部屋に戻《もど》った。

沙織《さおり》の部屋の前を通り過ぎたとき、中からあまり和《なご》やかとは言えない声が聞こえてきて、驚《おどろ》いて危《あや》うくコーヒーをこぼすところだった。

彼女の仕事がどういうものかは表面的にしか理解できていないが、会社勤めは大変だということは、春夏《はるか》もわかっていた。

あの頃《ころ》に比べると、今の仕事は気楽なものだ。

編集部からは、こういうレシピを、という依頼《いらい》が来るので、それを期日内に考えて提出すればいい。ただし採用されるかは確定ではなく、他のライターのレシピと競《きそ》って勝てば、実際に作って写真を撮《と》り、再び提出する。

レシピのヒントを探して、あれこれと流行《はや》っている料理やレストランなどを検索《けんさく》したが、これというものは中々思いつかないまま、時間ばかりが過ぎて、気づけばお昼近くになっていた。

そろそろお昼の用意をしなきゃ、と思っていると、

「……春夏《はるか》ちゃん、いい？」

ノックと共に、ドアの向こうから、そう沙織《さおり》の声がした。

「あ、はい。どうぞ……」

そう答えると、ドアが開いて沙織《さおり》が部屋に入ってきた。今朝見たままのちぐはぐな恰好《かっこう》で、何度見ても、噴き出しそうになる。

「会議、終わったんだけど、お昼、外に食べに行かない？」

外でランチ！

嬉《うれ》しいお誘《さそ》いだった。この辺りのスーパーは見て回ったけれど、レストランやカフェは、眺《なが》めるだけで、まだ入っていなかったから。

「は、はい、行きます」

「じゃあ、着替《きが》えるからちょっと待ってて」

そう言って、沙織《さおり》はドアを閉めて出て行った。

これからまともな外着に着替《きが》えるのだろうが、それは春夏《はるか》も同じだった。さすがにこの恰好《かっこう》では出かけられない。

おしゃれ、とまではいかずとも、ちゃんとしたものに着替《きが》える必要がある、他人から見ればあまり違《ちが》いがなく見えるかもしれないが、自分の中に線引きはある。

持ってきた服をひっくり返して、急いで頭の中でコーディネートを組み立てた。

とはいえ、結果として選んだのは、パンツにニットワンピという無難なものだった。

(組み合わせも何も、服、そんなに持ってないし……)

クローゼットの内側の鏡に映った自分の姿を見ると、いつも思う。

代《か》わり映《ば》えしないな、と。

基本、体の線があまり出ないようなものばかり選んでいるので、どうしても似たようなものばかりになってしまう——好きだからいいのだけれど。

「準備できた?」

ドアの向こうからした声に、はい、と答えて、いつもぱんぱんのポーチを肩《かた》に斜《なな》めにかけて、部屋を出た。

廊下《ろうか》で待っていた沙織《さおり》は、プルオーバーにスリムパンツ、薄手《うすで》のアウターを手に、髪《かみ》はざっくりと後ろでひとつにまとめていた。

「すごいね。何入ってるの？」

ポーチを指差し、沙織《さおり》は訊《き》いた。

「お財布《さいふ》と……スマホと……あとはタオルとかいろいろです……」

「なるほど」

そう言った彼女は、手ぶらだった。

「お姉さんは、荷物はないんですか？」

「うん。スマホだけ」

ポン、とズボンのポケットをたたく。

支払《しはら》いは電子決済ということだろうか。最近はかなり普及《ふきゅう》しているようだが、春夏《はるか》はいまだに現金派だった。クレカは使うけれども、スマホと連携《れんけい》はしていない。一番の理由は使いすぎてしまうからで、やりようはあるのだろうけど、現金の方が自分にブレーキが利く。

「じゃあ、行こっか」

「はい」

家を出て、沙織《さおり》は羽織ったアウターのポケットに鍵《かぎ》を入れて歩き出した。

大股《おおまた》で速い。

颯爽《さっそう》、という言葉がぴったりで、春夏《はるか》は置いていかれないように早足になった。歩幅《ほはば》でいえば春夏《はるか》の方が広いはずなのだが、歩くのは人よりも遅く、いつも焦《あせ》る。

「何食べる？　この辺はもう見て回った？」

前を向いたままそう訊《き》いた沙織《さおり》に、

「ひ、一通りは……」

と答えると、ん？　と言った様子で振《ふ》り返《かえ》り、

「ごめん、歩くの速かった？」

「いえ……わたしが遅《おそ》いだけで……いつも置いてかれがちなんです」

はは、と笑うと、

「じゃあ……手、繋《つな》ぐ？」

す、と差し出された手がとても自然だったので、春夏《はるか》は思わず腕《うで》を伸《の》ばしてしまった。

握《にぎ》る寸前、戻《もど》った理性に、この年で？　と囁《ささや》かれて止まったけれど、引っ込める前に沙織《さおり》に
つかまれてしまった。

ぎゅ、と握《にぎ》られた。

温かい。

すべすべしていて、とても気持ちのいい手だ。

「平気平気。姉妹《しまい》なんだから」

こちらの気持ちを読んだみたいに、沙織《さおり》はそう言った。

そうなのだろうか。

一人っ子の自分にはわからない——と思ったが、沙織《さおり》も同じだったと気づいて、繋《つな》いでいたのは母親とだろうか、と考えた。

最後に父と手を繋《つな》いだのはいつだったろう。中学生になった頃《ころ》には、もうしていなかったように思う。

握手《あくしゅ》ではなくこんなふうに手を繋《つな》ぐのは、高校のとき以来だ。

思い出せる最後の温《ぬく》もりは生徒会長のもので、彼女もよく手を引いてくれた。校内で迷子みたいにされるのは、少し恥《は》ずかしかったけれど、嫌《いや》ではなかった。

いまもそうだ。

猫背《ねこぜ》で熊みたいな自分が引っ張られるように歩く姿はみっともないんじゃないかと思えて恥《は》ずかしいが、振《ふ》りほどきたいとは思わなかった。

「あの……お姉さんは、昔から妹が欲《ほ》しかったんですか？」

春夏《はるか》は、ふと浮《う》かんだ疑問を口にしていた。

「ん？　どうして？」

「同居の条件が、お姉さんって呼ぶことって言っていたので。だから、よっぽど妹が欲《ほ》しかったのかなって」

「んー」

沙織《さおり》は僅《わず》かに目を眇《すが》めて、空を仰《あお》いだ。

「そういうわけじゃなくて……春夏《はるか》ちゃんは、わたしの家の事情って、聞いてる?」

少し考えて、春夏《はるか》は頷《うなず》いた。

事情、というのは、沙織《さおり》と彼女の母親は血が繋《つな》がっていない、ということだろう。その経緯《けいい》は、詳《くわ》しくではないけれど、父から聞いている。

「わたし……パパが死んじゃったとき、すごく怖《こわ》かったんだよね。ママからしたら、愛したのはパパであって、わたしはそのおまけでしょ?」

春夏《はるか》は、そんなことは、と口を開きかけて、やめた。

「パパ方の親族には会ったことがなかったし、いるのかいないのかも知らなくて、ママに捨てられたらひとりで生きていかなくちゃならないんだって思ったら、本当に怖《こわ》かった。底のない穴を覗《のぞ》いてるみたいな、そんな気分」

握《にぎ》った手に、少し力が籠《こ》もる。

「ママが再婚《さいこん》したいって言い出したとき、久しぶりにその感覚を思い出した。でも、お相手には娘《むすめ》ちゃんがいて、妹ができるってわかったら、その穴が消えたんだ。恋人《こいびと》でも蓋《ふた》はできるんだけど……恋《こい》なんて、突然《とつぜん》、終わったりするでしょ?」

同意を求められたのだとは思うが、恋人《こいびと》がいたことのない春夏《はるか》は、ぎこちなく微笑《ほほえ》むことしかできなかった。

「でも、妹は違《ちが》う。その関係は、気持ちでどうこうなるものじゃないから。だから、春夏《はるか》ちゃんがわたしの妹になったのが、すごく嬉《うれ》しいの」

そう言うと、沙織《さおり》は繫《つな》いだ手を強く握《にぎ》った。決して放すまい、とするように。

気持ちがわかるとは、春夏《はるか》には言えなかったが、沙織《さおり》が《姉妹《しまい》》という関係性に強い思いを抱《いだ》いていることはわかった。

「……気になってるお店とか、ある？」

話題を変えるように、そう言って楽しそうに微笑《ほほえ》む義姉《ぎし》の手からは、彼女の心がじんわりと伝わってくる気がして、なんだかとても安らいだ。

「えっと……茄子《なす》のグラタンが食べたい、です」

「ん？　どこ？」

「えっと――」

春夏《はるか》はネットで見つけた店の名前を口にした。スマホを見せれば早かったが、そのためには手を離《はな》す必要があったので、そうするのはなんとなく惜《お》しい気がして、できなかった。

「ああ、あそこか。いいね」

沙織《さおり》は白い歯を見せて、にっと笑った。

本当に颯爽《さっそう》としていて素敵《すてき》な人だ、と春夏《はるか》は思った。視線はその笑み《え》に吸いつけられて、自分からは切れなかった。幸い、沙織《さおり》が前を向いたので逃《のが》れることができたが、そのままだったらじっと見つめ合ってしまうところだった。

手はずっと繋《つな》いだままだったけれど、人の目は気にならなかった。というよりも、誰《だれ》も気にしてはいない様子だった。

学生ならば時折見かける光景だけれど、大人女子ではあまり見かけないと思うのだが、そう珍《めずら》しいことでもないのかもしれない。ましてや、義理とはいえ姉妹《しまい》なのだから。

「——あれ？　高梨《たかなし》さん？」

本当に不意打ちに、横合いからそう声をかけられて、春夏《はるか》は驚《おどろ》いて、心臓が、どきん、と跳《は》ねた。我ながら、よく手を離《はな》さなかったと思う。沙織《さおり》に強めに握《にぎ》られていたというのもあるけれど、それでも振《ふ》りほどけないほどではなかったのに。

足を止め、自分を知っているらしいその女性を、春夏《はるか》は見た。覚えはある。前の会社の同《どう》僚《りょう》だった人だ。同じフロアだったが部署は違《ちが》ったので、あまり話した記憶《きおく》はなかった。

「久しぶりー。元気？」

言いつつ、ちらりと繋《つな》いだ手に視線が落ちたのがわかった。

ぐ、と沙織《さおり》の手に力がこもった気がした。

「今日はお休み？」

「う、うん！　こ、これから、お姉ちゃんとランチなの！」

半ばパニックになった口から飛び出したのは、そんな言葉だった。お姉さん、ではなく、お姉ちゃん。もしかしたら、さっきの話のせいかもしれない。

自分でもそのことに驚《おどろ》いていると、へえ、と名前を思い出せない元同僚《もとどうりよう》は微笑《ほほえ》んだ。

「仲良いんだねー。うらやましい。うちなんか、クソ兄貴が――っと、ヤバ！　振《ふ》り込み間に合わなくなっちゃう！　あ、わたし、あのあとこの近くのちっちゃな商社に入ったんだ！　そのうち、ランチしよ！　じゃあね！」

彼女はそう言うと、沙織《さおり》にきちんと会釈《えしやく》をして、後は振《ふ》り向《む》かずに人の波の中に消えていってしまった。

（ランチって……連絡先《れんらく》とか知らないと思うけど）

アドレスを交換《こうかん》した覚えはなかったし、今まで一度も連絡《れんらく》が来たことはなかった。

「知り合い？」

沙織《さおり》の声に振《ふ》り向《む》くと、何故《なぜ》か至近距離《きより》で目を覗《のぞ》きこまれた。ちょっとどころでなく、顔が近い。おもわず下がってしまったが、手を繋《つな》いでいたので腕《うで》の長さより離《はな》れられはしなかった。

「名前も覚えてない、前の会社の同僚《どうりよう》です……向こうは覚えてたみたいですけど」

「ふうん……中々、綺麗《きれい》な子だったね」

「言われてみれば、そうですね」

そう答えると、沙織《さおり》は何故《なぜ》か少しムッとした。わけがわからない。綺麗《きれい》な子だったね、と言ったから同意しただけなのに。

「……まあいいや」

沙織《さおり》は踵《きびす》を返《かえ》すと、再び、春夏《はるか》の手を引いて歩き出した。ほっとしてあとを付いていくと、

「……お姉ちゃん」

不意に彼女は、そう呟《つぶや》いた。

「お姉ちゃんって言った」

「は、はい……」

思わず口をついてでてしまったのだが、

「嫌《いや》、でした？」

おそるおそる聞くと、

「ううん、全然！」

これぞ破顔、といった笑顔《えがお》と共に、そう返ってきた。

「春夏《はるか》ちゃんの中で、わたしが本当に家族になったって感じがして、嬉《うれ》しかった。やっぱり、お姉さん、だとちょっと隔《へだ》たりがある感じがするじゃない？　そう呼んでって言ったのはわたしだけど、お姉ちゃん呼びは強制するものじゃないって思ってたから」

「そういうものですか……？」

「うん」

よくわからなかったが、それならこれからは、お姉さんではなく、お姉ちゃんと呼んであげてもいいかな、と春夏《はるか》は思った。

実際、口の中で言葉を転がして比べてみると、確かに、お姉ちゃん、の方がより親しい間《あいだ》柄《がら》のような気がした。

短い間に、沙織《さおり》の存在が思ったよりも大きくなっていたことに驚《おどろ》きつつ、春夏《はるか》ははぐれないように彼女の手を、少し強く握《にぎ》った。

☆

「どうよ？　念願の妹ちゃんとの生活は」

いつものバーで、久しぶりに会った白神《しらかみ》まどかにそう訊《き》かれ、沙織《さおり》は、躊躇《ちゅうちょ》なく、そう答えた。

「すっごく、楽しい」

「へー」

まどかは目を細めて、フルボディのチリの赤ワインをぐいとやった。ただでさえ赤い唇《くちびる》が、濡《ぬ》れてぬめっていやらしい。

（キス、したいなー）

という欲望がむくむくと頭をもたげるのを、スモーキーなウイスキーで押し流す。求めればまどかは拒《こば》まないだろうが、沙織《さおり》には自分で決めた一線がある。

遊びでは寝《ね》ない。

まどかはその辺はこだわりがなく、ワンナイトもＯＫで、沙織《さおり》も誘《さそ》われたことがあるが、断ったので、スキンシップ以上のことはしたことがない。

それに――本当にしたい相手は、彼女じゃない。

「いいの？　今日は？」

まどかは、その細い腕《うで》に嵌《は》めた腕時計《うでどけい》を指した。見た目は普《ふ》通《つう》の時計だが、海外の何とかいうメーカーのもので、高級車くらいの値段がする。

まどかはそういった、さり気のないおしゃれが好きだ。今日着ている胸元《むなもと》のざっくりと開いたノースリーブのワンピだって、沙織《さおり》にはとても手が出ない。

「いいのって、何が？」

「妹ちゃん。ごはん作って待ってないの？」

「ああ……それなら、大丈夫《だいじょうぶ》。昨日から、実家に帰ってるから」

「あら。喧嘩《けんか》した？」

「違《ちが》う」

空になったグラスをトンと置いて、バーテンダーに同じものを、と注文する。彼女は何も言わずに軽く頷《うなず》くと、琥《こ》珀《はく》を溶《と》かしたみたいなウイスキーを、とくんとくん、と心臓の鼓動《こどう》のような音を立てて注いでくれる。

「本格的に引《ひ》っ越《こ》してくるための準備。うまくやってます」

「へぇ」

そう。本当にうまく行っている。

一週間は、あっという間だった。うまくやっていけそうだということで、春夏《はるか》は引《ひ》っ越《こ》しのために実家に戻《もど》った。

手探《てさぐ》りな所はあったけれど、楽しかった——と思う。彼女の作るごはんは毎食とてもおいしかったし、満足感があった。コンビニのお弁当やデパ地下の惣菜《そうざい》もおいしいが、食後にどこか空虚《くうきょ》さを覚えた。

あれは料理のせいではなく、個食だったからかもしれない。

家で誰《だれ》かとごはんを食べる幸せを、春夏《はるか》との食卓《しょくたく》で久しぶりに思い出した。

何を食べてもおいしかったし楽しい。誉《ほ》めるとすごく照れくさそうに目を伏《ふ》せるのも、きょどきょどと目が泳ぐのもいい。

可愛《かわい》くて、抱《だ》きしめたくなってしまう。本当にしたら、抱《だ》きしめるじゃなく抱《だ》きつくになってしまうだろうけれど。

家事の分担も問題なくやれた。

きっちり半々、でないのが良かった。彼女がそれを不公平に感じているのなら駄目《だめ》だが、そういうこともなさそうだったので、ほっとした。気を使って我慢《がまん》していたという感じはしなかった。

そうではない――と思いたい。

「なあに？　不安になってきた？　妹ちゃんが実家に戻《もど》って居心地《いごこち》の良さを思い出して、やっぱり同居はやめます、とか言い出さないだろうか、とか思っちゃった？」

にまにまと笑う友人をにらみつけて、

「意地が悪い」

カウンターの下で、パンプスを脱《ぬ》いだ足で彼女のふくらはぎを軽く蹴《け》った。

まどかは、あはは、と笑って、ごめんごめん、と謝った。

「でもさ、沙織《さおり》。あんた、本当は春夏《はるか》ちゃんとどうなりたいの？」

「どうって？」

「ただ姉妹《しまい》として、この先も暮らしたいのか。それとも彼女にしたいのか」

「それは……」

沙織《さおり》は口籠《くちご》もった。

ここでそれを突《つ》きつけられるとは、思っていなかった。今はあえて考えないようにしていたことだったから。

自分が彼女に惚《ほ》れているのは間違《まちが》いない。一目惚《ひとめぼ》れだったのだから、最初からだ。

だからもちろん、恋人《こいびと》になれたら嬉《うれ》しいけれど――恋《こい》は終わることがある。そうしたら、妹としての彼女も失って、今度こそひとりになってしまう。

それは、恐《おそ》ろしい。

「……姉妹《しまい》」

迷った末に、搾《しぼ》り出《だ》すように沙織《さおり》は答えた。

まどかは小さく嘆息《たんそく》すると、

「あんたがそうしたいんなら別にいいけど、姉妹《しまい》としての信頼《しんらい》で結ばれちゃったら、そこから恋人《こいびと》になるのって、すごく難しい気がするけどな」

かもしれない。

だが今は恋《こい》よりも、それよりも、どうしてもどうしても、気持ちでどうにかなってしまわない関係が欲《ほ》しかった。

「……まあ、いっか」

まどかはそう言うと、バッグから封筒《ふうとう》を取り出した。

「それじゃあ、もっと姉妹《しまい》の仲を深めるために……じゃあん」

もったいぶって細い指を封筒《ふうとう》に差《さ》し込《こ》み、ゆっくりと中身を引き出して見せる。

「何?」

何かのチケットだ。表には太い字で、

「温泉?」

そう印刷されていた。

「そ。といっても、遠くのひなびた宿じゃなくて、近場だけど」

差し出された封筒《ふうとう》を受け取り、チケットを引き出す。それは、温泉宿の招待券だった。

「秩父《ちちぶ》？」

「うん。取引先の人に貰《もら》ったんだけど、わたし、興味ないからあげる。都内のホテルだったら良かったんだけどねえ」

ざーんねん、とまどかは笑った。

秩父《ちちぶ》は埼玉の奥地《おくち》だが、都内からも直通で行けるのでさほど交通の便が悪いというわけではない。もっとも温泉宿となると、最寄《もよ》り駅《えき》からが遠い場合も多々あるので、まどかはその辺が嫌《いや》なのかもしれない。

「妹ちゃんといってきたら？」

まどかはそう言うと、何か意味ありげに、にんまりと笑った。

(春夏《はるか》ちゃんと温泉！)

その想像だけで、テンションがぶち上がった。

温泉となれば、当然、大浴場がある。大きな風呂《ふろ》があるのに、ちまちまと内風呂《うちぶろ》に入ることはないだろう。友人同士でも、わざわざ時間をずらしたりしない——こともあるから、姉妹《しまい》なら当然、一緒《いっしょ》に入ることになるはずだ。

いや、入りたい！

抑《おさ》えていた欲望が一気に膨《ふく》らむのを感じた。

春夏《はるか》の裸《はだか》を見たい。

それは性欲だけでなく、さまざまな感情がごちゃごちゃになったものだ。

単純に、女性の体は美しい、と沙織《さおり》は思っている。どこを取ってもやわらかそうな曲線は見ていて飽《あ》きない。自分の体にはそれほどそそられないが、美術品のように眺《なが》めていられる。

好きな女性の裸《はだか》なら、なおさらだ。

いや、好きだからこそ、見たい。全てを知りたい。

可能なら、いままでだって見てみたかった。

だからといって、風呂《ふろ》を覗《のぞ》いたりしたことはない。歯を磨《みが》きに洗面までは行ったことはあるけれど、そこまでだ。石鹼《せっけん》とか大丈夫《だいじょうぶ》？　などと言って、ドアを開けたりしたこともない。

あからさまだし、わざとらしいし、何より、春夏《はるか》の信頼《しんらい》を裏切る行為《こうい》だ、それは。

だから、我慢《がまん》した。

しかし、温泉ということなら、何ら不自然なことはない。

もちろん春夏《はるか》が嫌《いや》がればそれ以上は望まないけれど、一緒《いっしょ》に入る？　と誘《さそ》うくらいは自然なことのはずだ。

ばらばらに入ったらごはんの時間の調整に困るし、待っている方は暇《ひま》になってしまう。館内にあるだろう土産物《みやげもの》売場をひやかすにしたって、そう長くつぶせるものでもない。

だから、一緒《いっしょ》に入ろう、と誘《さそ》うことにはちゃんと合理性がある。

「まぁた面倒《めんどう》くさい言い訳を考えてるんでしょう」

まどかに図星を突《つ》かれ、沙織《さおり》はぐぅと唸《うな》った。

「うるさい」

「で？　折り合いはついた？　行く？　行かない？」

「……行く」

差し出された招待券を、沙織《さおり》は毟《むし》るように受け取った。

まどかは絶対に成り行きを楽しんでいる。

（けど、おあいにくさま。わたしと春夏《はるか》ちゃんはあくまで姉妹《しまい》だもの。姉妹《しまい》でするようなことしかしないいし、起こらない）

正直、線引きはよくわからなかったが、とりあえず、キスより先はだめだろう。

（……でも、ほっぺたくらいなら……あり？　外国人はするよな……。手はもう繋《つな》いだし、なんなら恋人繋《こいびとつな》ぎもOKだし……）

隣《となり》でまどかが、く、と笑った。

「ほらまた、面倒《めんどう》くさいこと考えてる」

「うるさい。……けど、ありがと」

「どういたしまして」

まどかは、グラスに残っていたワインをぐいと飲み干し、赤く濡《ぬ》れたくちびるに、にんまりとした笑《え》みを浮《う》かべた。

「土産《みやげ》話、期待してる」

7

「温泉、ですか……？」

引《ひ》っ越《こ》しの片付けもあらかた済んだ夜、さり気なく、なるべくさり気なく、沙織《さおり》は旅行の件を切り出した。

春夏《はるか》は明らかに戸惑《とまど》っていたが、いまさら後には引けない。

「う、うん。引《ひ》っ越《こ》しのお祝いっていうか、親睦《しんぼく》を深めるためっていうか、親が新婚《しんこん》旅行に行くなら、こっちも姉妹《しまい》旅行するのもありかな、っていうか……どうかな？」

自分でもちょっと無茶苦茶言ってるな、と思いながら、沙織《さおり》は一気にまくし立てた。

春夏《はるか》はちょっとの間考えたあとで、にっこりと微笑《ほほえ》んで、

「いいですよ」

と言ってくれた。

沙織《さおり》は安堵《あんど》のあまり、全身の力が抜《ぬ》けそうになった。

こんな緊張《きんちょう》は、実に久しぶりだ。元彼女に同居を切り出したとき以来じゃないだろうか。

彼女とも旅行には何度か行ったが、その時にはもうベッドを共にしていたので、とても気軽な感じだった。

「場所は何処《どこ》なんですか？」

「秩父《ちちぶ》なんだけど」

沙織《さおり》は用意しておいた秩父《ちちぶ》のガイドブックをテーブルに広げた。電書版もあるが、人と見る時は紙の方が便利だ。春夏《はるか》を説得するためのものだったが、楽しみを広げるためにも使えるので、まったく無駄《むだ》ではない。

付箋《ふせん》を貼《は》っておいたページを開く。まどかがくれた招待券の宿はそこそこ有名で、こうしてガイドブックにも載《の》っていた。

「行ったことある？　秩父《ちちぶ》」

「いえ……」

春夏《はるか》はゆるりとかぶりを振《ふ》った。

「埼玉の奥地《おくち》ですよね……どうやっていくんですか？」

「都内から一本で行けるんだって。一時間半くらい？　秩父《ちちぶ》に着いたら、駅で旅館のマイクロバスが待ってるって」

「へー……」

春夏《はるか》が本を覗《のぞ》き込んできて、沙織《さおり》はどきりとした。おでこが近い。

（えーと……）

不審《ふしん》に思われないよう、そっと鼻を近づけると、風呂《ふろ》上がりのなま乾《がわ》きの髪《かみ》から、いい匂《にお》いがした。自分のとは違《ちが》う女の子の匂《にお》い。

「内風呂《うちぶろ》はないんですね……。あ、サウナも——」

言葉を切った春夏《はるか》の顔が、至近距離《きょり》で沙織《さおり》を向いた。自分で寄ったのに、あまりの近さにうろたえて、目が泳ぎそうになった。

「あの……ちょっと息がくすぐったいかも、です……」

「ご、ごめん！」

沙織《さおり》は慌《あわ》てて顔を離《はな》した。そんな距離《きょり》まで近づいていたとは。

だが、春夏《はるか》は首を横に振《ふ》った。

「わたしこそごめんなさい……本に顔、近づけちゃうの、くせで……」

「わ、わかるー！」

沙織《さおり》は笑いながら軽く手を叩《たた》いた。

「わたしもよく見ようとすると、つい顔が寄っちゃって！　別に見えないわけじゃないのに、なんだろうねえ」

嘘《うそ》である。普段《ふだん》はまったくそんなことはない。春夏《はるか》に引き寄せられてしまっただけだ。彼女はまったく疑う様子なく、そうなんですよ、と笑った。

「じゃあ、ＯＫ？」

「はい」

こくり、と春夏《はるか》は頷《うなず》いた。

（よっし！）

沙織《さおり》は内心でぐっと拳《こぶし》を握《にぎ》った。表向きはあくまで冷静に、大人の皮を被《かぶ》っていたけれど。

これでもっと仲を深められる。

一緒《いっしょ》にお風呂《ふろ》にも入れる――かもしれない。寝《ね》ぼけた振《ふ》りをして布団《ふとん》にもぐり込んでも、自然なハプニングだろう。

「秩父《ちちぶ》って、何があるんでしょう……」

ガイドブックをめくりながら、春夏《はるか》がつぶやく。沙織《さおり》は、今度はあまり近くならないように気をつけながら、本を覗《のぞ》き込んだ。

「わかんない。地名は知ってるけど、行ったことないからなー」

「有名な神社があるみたいですね……でも、ちょっと遠いか……」

「あ。わらじカツだって……わらじ？」

「昔の人のサンダルですよね、わらじって。それくらい大きなカツってことでしょうか」

「そうかも。あとは……味噌《みそ》ポテトか」

串《くし》に刺《さ》したじゃがいもに味噌《みそ》を和《あ》えたものだ。なんというか、どちらも茶色い。でも、食べたらすごくおいしいのかもしれない。

(にしても……)

春夏《はるか》は相変わらず敬語で話しかけてくる。

そろそろタメ口で話してほしいが、気を使ってそうしているのではないのがわかるので、くせのようなものなのかもしれない。だがやはり、なんというか隔《へだ》たりのようなものを感じてしまうので、できたらやめてもらいたい。

とりあえず、またお願いしてみよう。

旅行は、いい機会だ。試《ため》してみて、そっちの方が無理をする感じなら、このままでいい。

「春夏《はるか》ちゃんは、旅行って、よく行く？」

単なる雑談のひとつとして、沙織《さおり》はそう訊《き》いた。

「いえ……前に行った旅行は高校の修学旅行です」

「どこ行ったの？」

「沖縄でした。お姉ちゃんはよく行くんですか？」

「わたしも久しぶりかな」

最後に行ったのは前彼女とで、北海道だった。冬の小樽《おたる》はすごく良かったけれど、あまり思い出したくはなかった。

「楽しい旅行にしようね」

沙織《さおり》がそう言うと、春夏《はるか》はにっこりと微笑《ほほえ》んで、はい、と言った。その笑顔《えがお》は、ちくりと胸を刺《さ》す苦い思い出の針を溶《と》かし、彼方《かなた》へと流してくれた。

（ああ、癒《い》やされる……）

出会って、一緒《いっしょ》に住むようになって、まだほんの僅《わず》かな時間しか経《た》っていないのに、沙織《さおり》はこの義妹《ぎまい》が、自分の生活に欠かせない存在になりつつあるのを感じた。

☆

（お姉ちゃんと旅行かー……）

部屋に戻《もど》った春夏《はるか》は、ベッドに転がって天井《てんじょう》を見上げながら、思ってもみなかったお誘《さそ》いに思いを馳《は》せた。枕元《まくらもと》に置いたスマホからは、ランダムに再生されるサブスクの音楽が流れている。それを聞き流しながら、怒濤《どとう》のような半月を思い返した。

お試《ため》し同居を始めたのが、たったそれだけ前のことだったとは、ちょっと信じられない。それくらい、馴染《なじ》んでいた。

本当に引《ひ》っ越《こ》してくることを決めて実家に戻《もど》ったとき、ほっとしなかったのが、自分でも驚《おどろ》きだった。

もっともそれは、家の中の様子が少々変わっていたこともある。

義母はまだ越《こ》して来てはいなかったが、着々と侵略《しんりゃく》は進んでいて、見慣れぬ家具や小物が増えていた。

さすがに春夏《はるか》の部屋は弄《いじ》られていなかったが、引《ひ》っ越《こ》してしまえばわからない。机やクローゼットは残していくつもりだったが、部屋をこのままにしておいてくれる保証はない。

それも仕方がない。

ひとりだちするとは、そういうことなのだろう。

父とはあまり話をしなかった。

顔を見て、何か喋《しゃべ》ろうとして、言葉が出ないことで、自分がまだ腹を立てているのだということに気がついた。

父の人生に口を出す権利はないとわかりつつも、それにしてもあまりにも急じゃないか、とどこかで許せない気持ちがあった。

再婚《さいこん》に反対なわけではない。あやみさんはいい人だと思う。

だが『おまえのため』と言って、自分をこの家から追い出すような真似《まね》をしたのは、ちょっとまだわだかまりがある。

父の言い分も、もっともではあるが、どうしても、

(自分たちが新婚《しんこん》気分を満喫《まんきつ》したいためじゃないの……?)

と思ってしまう。

その気持ちが、きっと顔や態度に出ていたのだろう。実家に戻《もど》っていた間、父は終始、どこか腫《は》れ物《もの》に触《さわ》るようであったし、会話もぎこちなかった。顔を合わせるのは食事のときくらいで、春夏《はるか》は荷造りを理由にほとんど部屋から出なかった。

料理もしなかったから、食事は出前だったり、スーパーの弁当だったりした。父はどこかで娘《むすめ》の手料理を楽しみにしていた節があったけれど、新しいお母さんに作ってもらえばいいじゃない、と思ってしまって、作る気にならなかった。

そんな感じだったから、この家に帰ってきて、とてもほっとした。いくらなんでも馴染《なじ》むのが早すぎないか、と思わなくもなかったが、居心地《いごこち》がいいのだから仕方がない。

部屋は実家よりも広いし、キッチンもとても使いやすい。

そのおかげなのか、立て続けにレシピが採用された。リビングの窓が大きいからとても採光がよく、料理が映《は》えたのかもしれない。

お風呂《ふろ》も広いし、洗濯機《せんたくき》は乾燥《かんそう》機付きだ。洗濯《せんたく》物を干さなくていいのは、家事の時間を大幅《おおはば》に短縮してくれる。ここを出てひとり暮らしをすることになったら、なにはなくとも乾燥《かんそう》機付き洗濯機《せんたくき》だけは無理をしても買おうと思った。

どうしてか、実家に帰っている間、沙織《さおり》のことが気になって仕方なかった。

今まで一人でやってきていたのだから心配するのはおこがましいのだけれど、ちゃんと起きられているだろうか、ごはんはコンビニ弁当だろうか、リビングにまたダンボールが積み重なっていないだろうか、とふと考えてしまった。

帰るとき、父はどこか寂《さび》しそうだったけれど、ひとりだちを望んだのはそっちでしょう、と思ってしまった。それに、新しい女が入《い》れ替《か》わりにやってくるのだから、すぐに埋《う》めてくれるでしょうよ、と見ないふりをした。

そんな感じで、くさくさした気分で帰ってきたのだが、旅行のお誘《さそ》いが、それを吹《ふ》き飛《と》ばしてくれた。

沙織《さおり》にも話したが、旅行は高校の修学旅行以来だ。

沖縄のそれは、正直、あまりよく憶《おぼ》えていない。沖縄よりも、初めて乗った飛行機の方が印象にあるくらいだ。

(そういえば、あのお土産《みやげ》、どこいったかな)

ホテルの土産物《みやげもの》売場で買った、シーサーのキーホルダー。

生徒会長に、おそろいのが欲《ほ》しいと言われて、悩《なや》んだ末に選んだものだった。スクールバッグにずっとつけていたけれど、いつのまにか忘れてしまっていた。

(温泉かー……お風呂《ふろ》、一緒《いっしょ》に入るんだよね、多分……)

普段《ふだん》、銭湯にも行かないので、誰《だれ》かと入るなんてことは、それこそ修学旅行以来だった。

クラスメイトの入浴の仕方はいろいろだった。まったく隠《かく》さない子もいたし、タオルで胸から股間《こかん》までをしっかりと隠《かく》す子もいた。

自分はどうだったろう。

確か、下だけを隠《かく》していたような。胸は体育の着替《きが》えなんかでもよく見る機会があったし、みんなそれほど気にしてはいなかった。

だが、下は別だ。

体育の着替《きが》えでも、水泳の授業のとき以外、ショーツを脱《ぬ》ぐ人はいなかった。水着になる時も、さすがにスカートを穿《は》いたままで着替《きが》えていた。

自分もそうやって着替《きが》えて、胸の方は――あまり気にせずに脱《ぬ》いでいたと思う。

それよりも、だ。

春夏《はるか》は服の上からお腹《なか》の肉をつまんだ。つまめてしまう。むにぃ、としている。これを見られるのか、と考えると、ちょっと恥《は》ずかしい。

かといって、これからダイエットをしたところでとても間に合わない。

旅行は今週末なのだ。

ちゃんと見たわけではないが、沙織《さおり》はしゅっとしている気がする。おなか周りも贅肉《ぜいにく》なんかまったくなくて、ひょっとしたらシックスパックに割れているかもしれない。

義姉《ぎし》の裸《はだか》を想像したら、ちょっと恥《は》ずかしくなった。

(やっぱり、ダイエットしよう……)

春夏《はるか》は自分の贅肉《ぜいにく》を憎々《にくにく》しく思いながら、ぎゅう、とつまんでひっぱった。

☆

その日から、春夏《はるか》は食事を制限し、散歩の距離《きょり》を伸《の》ばした。部屋で腹筋などの運動も、動画サイトを見ながら試《ため》した。

だが、たった数日のダイエットでは、やはり目に見える成果は出ず、だらしない体はそのまで、旅行の日は来てしまった。

(まあ、頑張《がんば》ったよね……)

元より、期待はしていなかったので、がっかりもしなかった。そんなんで痩《や》せるなら、こんなにダイエットのあれこれが氾濫《はんらん》するわけがない。

とにかく、やったということが大事だ。

こんな体を見られるのは恥《は》ずかしいけれど、沙織《さおり》は別に気にしないだろう。案外、他人の体形など、どうでもいいものだ。

一泊《ぱく》なので、鞄《かばん》はトートバッグで足りた。必須《ひっす》なのはガイドブックと替《か》えの下着くらいで、あとはいつもの荷物だった。

秩父《ちちぶ》へは都内から特急で一本だったが、途中《とちゅう》、どんどんと建物が少なくなって自然が増えていく様は、日常とは違《ちが》う場所へ行くのだという気分が高まって、楽しかった。

時間としては二時間弱なので、横並びの座席の車内では駅弁などは食べず、駅で待っていた旅館のマイクロバスで、宿に直行した。

駅前の賑《にぎ》わいはあっというまに遠くなり、バスは生《お》い茂《しげ》る樹《き》を拓《ひら》いて造った道をどんどん奥へと進んでいった。どの木もすっかり紅葉していて、炎《ほのお》の中を走っているみたいだった。

旅館はそんな山の中腹にあったが、ひなびた宿という様子ではなく、五階建てで、立派なホテルという感じだった。

バスを降りると、都内に比べるとずいぶんと寒く、春夏《はるか》は、Ｐコートを着てきて良かった、と襟《えり》をあわせながら思った。

沙織《さおり》はカーキ色のモッズコートで、首周りが暖かそうで少しうらやましかった。

さすがにまだ息は白くなかったが、それでも肌《はだ》に触《ふ》れる空気は氷みたいで、いますぐにでも温泉に飛び込みたくなった。マナー的にやらないけれども。

大きな庇《ひさし》の玄関《げんかん》を潜《くぐ》ると、やはりそこは温泉宿。

「ようこそいらっしゃいました」

ホテルと違《ちが》って、着物姿の従業員が出迎《でむか》えをしてくれて、さらに靴《くつ》からスリッパに履《は》き替《か》える必要があったのが、実に日本的だった。

部屋に案内され、窓からの眺望《ちょうぼう》を見た春夏《はるか》は、

「うわあ」

思わず感嘆《かんたん》の声を漏《も》らした。

部屋は最上階で、眺《なが》めは素晴《すば》らしかった。風が吹《ふ》くと、紅葉した木々が炎《ほのお》の波のように揺《ゆ》れて、とても美しい。

正直、あまり期待していなかったのだが、それを申し訳なく思った。何しろ招待券での宿《しゅく》泊《はく》だ。普段《ふだん》は物置に使っているような部屋かも、と覚悟《かくご》していたので。

「ごゆっくり」

夕飯の時間と温泉の説明を終えた仲居さんは、丁寧《ていねい》に頭を下げて戻《もど》っていった。

「見て見て、春夏《はるか》ちゃん！　温泉饅頭《まんじゅう》！」

畳《たたみ》の部屋の中央に置かれた足の短い和風のテーブルの上に置かれた丸いお櫃《ひつ》を早速《さっそく》開いて、沙織《さおり》がはしゃいだ。

それを微笑《ほほえ》ましく見ながら、

「まだ、夕飯にはずいぶん時間がありますけど、どうします？　この辺、散歩します？　自然しかないみたいですけど……」

コートを脱《ぬ》いでハンガーにかけつつ、春夏《はるか》は訊《き》いた。

バスで上がってくるとき、周りにホテル以外の施設《しせつ》が何もなさそうなのは、確認《かくにん》済みだった。来るのが早すぎたかもしれない。のんびり散歩も非日常感があっていいけれど、こう寒いとあまり外に出たくない気になる。

それに、おなかも空いた。温泉饅頭《まんじゅう》では少し足りない。

「それもいいけど……まずはお昼にしない？」

沙織《さおり》はモッズコートを脱《ぬ》ぐと、畳《たたみ》の上に放った。春夏《はるか》はそれを拾ってハンガーにかける。

「お饅頭《まんじゅう》でですか？」

「まさか。一階に食堂があったでしょ？　幟《のぼり》に『わらじカツ』ってあったから、それを食べようよ」

春夏《はるか》は、仲居さんについていくのに必死で、少しも気づかなかった。土産物《みやげもの》を扱《あつか》う売場は入り口のすぐだったのでわかったが、食堂はもちろん、幟《のぼり》も見てはいなかった。

「で、その後は当然、温泉！　夕飯食べたら、また温泉！　せっかく来たんだから、入り倒《たお》さなきゃ！」

ふやけてしまいそうだけれども、そういえば、温泉宿は温泉こそを楽しむもので、入って休んでを繰《く》り返《かえ》すものだと何かで読んだのを、春夏《はるか》は思い出した。テーマパークでいろいろなアトラクションを次々と楽しむのと同じ、と書いてあったと思うが、ピンとはこなかった。

とはいえ、他にすることもない。湯当たりにだけは気をつけて、せっかくの温泉をたっぷりと楽しもう、と春夏《はるか》は思った。

行こう行こう、とポーチを手にはしゃぐ義姉《ぎし》の様子に、春夏《はるか》は思わずくすりと笑ってしまった。

「ん、何？」

「……いいえ、なんでもないです」

ゆるっと首を横に振《ふ》った春夏《はるか》は、気づけば手を伸《の》ばしていた。

義姉《ぎし》なのにどこか妹みたいな彼女のことが、なんだかとても可愛《かわい》らしくて。普段《ふだん》、きりりとしているからこそ、余計に。

我に返って引っ込めようとしたが、そのまえに、がっしりとつかまれた。小さな手はとても熱く、けっして振《ふ》りほどくことはできなかった。

☆

しゅるりという衣擦《きぬず》れの音に、沙織《さおり》の胸は否応《いやおう》なく高鳴った。

あまりあからさまに見ては駄目《だめ》、と理性が囁《ささや》いたが、すぐ隣《となり》で惚《ほ》れた女の子が服を脱《ぬ》いでいたら、そりゃあ見るでしょう、ともう一人の自分がけしかけてきて、理性はすぐに負けてしまった。

春夏《はるか》が裸《はだか》になる様子を、手を止めて見てしまった。

ワンピースを頭から脱《ぬ》ぐとその下はぴったりした防寒インナーで、体の線がくっきりとわかった。お昼に食べたわらじカツの量が多かったからか、おなかがすこしぽっこりでている。

名物のわらじカツは、甘めの醬油《しょうゆ》に軽く潜《くぐ》らせた巨大《きょだい》なカツが二枚、丼《どんぶり》からはみ出していた。がんばって平らげたものの、食後に食べようと思っていた味噌《みそ》ポテトは断念した。とはいえ、おいしかったので帰る前にもう一度食べてもいいとは思った。

春夏《はるか》は、沙織《さおり》がガン見していることに気づいた様子もなく、インナーを脱《ぬ》ぐ。レースの飾《かざ》りのついた淡《あわ》い緑の下着があらわになると、

（うわ、おっき……）

服の上から想像していたよりもボリュームのある胸に、沙織《さおり》は思わず声が出そうになった。顔を埋《う》めたらどんなに気持ちいいだろう。そうして肌《はだ》の甘い匂《にお》いを嗅《か》ぐのが、沙織《さおり》は好きだった。すごく満たされた気持ちになるから。

そうできたら、どんなにか幸せか。

だが、さすがにそれは姉妹《しまい》のスキンシップを超《こ》えている。

春夏《はるか》が《本百合《ゆり》》をどう思っているのかは、まだわからない。世間の目はずいぶんと変わってきているとは思うし、春夏《はるか》も百合漫画《ゆりまんが》は楽しめているようだけれど、フィクションと現実は別だし、自分がどうかということになると、もっと別だ。

なのでここはあくまでも、姉妹《しまい》としてのスキンシップにとどめておかなくては。

そのラインはどこか、と問われると、沙織《さおり》にもわからなかったが、とりあえず、唯汰《ゆいた》あおい先生の『お姉ちゃんは秘密の恋人《こいびと》』は、参考になる。姉妹《しまい》の立場は逆だが、距離《きょり》の詰《つ》め方には

なるほどと思うところがたくさんあった。

「お姉ちゃん?」

見られていることに気づいたのか、春夏《はるか》は手を止めた。

「ご、ごめん!」

咄嗟《とっさ》に謝ってしまったが、春夏《はるか》は何に対しての謝罪なのかわからない様子で、文鳥みたいに小首を傾《かし》げた。そのままブラに手を伸《の》ばして外す。

見たい気持ちをぐっと抑《おさ》え、沙織《さおり》は真《ま》っ直《す》ぐに壁《かべ》を見つめて自分も服を脱《ぬ》いだ。心臓がばくばくしている。そうしながらも、やはりどうしてもちらちらと見てしまう。

ふるんと揺《ゆ》れながらボリュームのある胸が零《こぼ》れ落《お》ちて、沙織《さおり》は思わず唾《つば》を飲んでしまった。

(すご……)

大きいのに、少しも形が崩《くず》れていない。実にうらやましい。運動は苦手そうに見えるのだけれど、胸筋がしっかりしているのだろうか。自分の胸は春夏《はるか》に比べれば一回りは小さいのに、すでに重力に負けつつある——気がするのに。

春夏《はるか》はショーツも脱《ぬ》いでしまうと、髪《かみ》にタオルを巻いて、もう一枚のタオルで下だけを隠《かく》して、こちらを振《ふ》り返《かえ》った。

驚《おどろ》いてブラを押さえそこなってしまった。春夏《はるか》ほどではないけれど、それなりにはある胸が、ひんやりとした空気に触《ふ》れた。

とても短い間のことだったと思うけれど、彼女の視線が間違《まちが》いなく体をなぞった。

(見られてる……見られてる！)

なんだか、すごく恥《は》ずかしい。まるで、視線で撫《な》でられたみたいだった。

ああ、そうだ――そうだった。

好きな人に裸《はだか》を見られるのって、こんなに恥《は》ずかしかったんだ。嫌《いや》だというのではない。恥《は》ずかしさにむずむずする。隠《かく》したくなったが、自分はじろじろと見ていながら、こっちは見るな、というのも違《ちが》う気がして、堪《こら》えた。

けれど、春夏《はるか》は沙織《さおり》のそんな葛藤《かっとう》にはまったく気づいた様子なく、くるりと踵《きびす》を返《かえ》した。

(うわ)

ずっしりとした形のいいおしりが、不意打ちに目に飛び込んできて、声が出そうになった。

ショーツの痕《あと》が生々しい。

跳《は》ね回《まわ》る心臓が壊《こわ》れてしまいそうだ。

沙織《さおり》は自分もショーツを脱《ぬ》ぐと、手早く髪《かみ》をまとめてタオルで包み、急いで春夏《はるか》を追いかけて浴場に入った。

(なんか、ちょっと悔《くや》しい)

春夏《はるか》のあの態度。こっちは彼女の裸《はだか》にドキドキしたり、見られて恥《は》ずかしくなったりしてるのに、あれではまったく何も思っていないと言わんばかりではないか。

ちょっと腹が立つ。

彼女は洗い場でかけ湯をし、お湯で軽く体を濯《すす》いでから、タオルは桶《おけ》に入れてゆっくりとお湯に入るところだった。

「んー……」

可愛《かわい》らしい声が、結んだ唇《くちびる》から漏《も》れる。

それをぞくぞくしながら聞きつつ、沙織《さおり》も彼女と同じようにかけ湯をして軽く汚《よご》れを落としてから、追いかけるようにお湯に足を入れた。

タオルは浸《つ》けられないから、何もかもがあらわだ。といっても、お湯の中はゆらゆらと歪《ゆが》んでよくは見えない。春夏《はるか》は肩《かた》まで浸《つ》かっているので、心も少しだけ落ち着いた。

「よいしょ……」

緊張《きんちょう》を隠《かく》しながら、沙織《さおり》は春夏《はるか》の隣《となり》に座った。熱いお湯がじわじわと冷えた手足の指を痺《しび》れさせながら温めてくれる。

ふう、と肺に残った冷たい空気を吐《は》き出《だ》すと、全身がとろんと溶《と》けそうな心地《ここち》になった。

「気持ちいいですねー……」

「うんー……」

春夏《はるか》の素直《すなお》な感想に、沙織《さおり》も同じように返す事ができた。

だが内心では、同じように恥《は》ずかしがらせたい、という思いが蛇《へび》がするみたいに頭をもたげて、嚙《か》み付《つ》く方法はないか、とぐるぐる回っていた。

まるで意識されていないみたいな態度を、どうにか覆《くつがえ》してやりたい。眼中にないみたいに扱《あつか》われるのは悔《くや》しすぎる。

よしなよ姉妹《しまい》の絆《きずな》を深めるんでしょ、と天使が慌《あわ》てた様子で忠告してきたが、うるさい、と追《お》い払《はら》った。

不埒《ふらち》な考えはお湯の中に溶《と》けてしまえばよかったが、そうはならなかった。

「……お昼、量あったねー」

さり気ない雑談の振《ふ》りをして、まずは話を振《ふ》る。

「ですねー。おなか一杯《ぱい》で、夕御飯《ゆうごはん》が入るか、ちょっと心配です……」

沙織《さおり》は唐突《とうとつ》に立ち上がった。ざば、とお湯が跳《は》ねながら肌《はだ》を流れ落ちる。

「ほんとほんと」

「ほら見て？　こんなにぽっこりしちゃって。みっともないよね」

膨《ふく》らんだお腹《なか》を、指でなぞる。

突然《とつぜん》、目の前にあらわになった沙織《さおり》の肌《はだ》に、春夏《はるか》の目がはっきりと泳いだ。もちろん下を隠《かく》してはいない。彼女は明らかにうろたえて、目をそらした。見る間に白い頬《ほお》に血が上り、赤くなる。これは絶対に温泉のおかげではない。

（やった！）

何がやったなのか、冷静に考えたら意味がわからないが、達成感はあった。好きな子にいきなり下半身を晒《さら》すなど、爆発《ばくはつ》しそうに恥《は》ずかしかったが、意地が勝った。

「み、みっともなくはないですよ……わたしなんか、もっとですし」

「ええ、ほんと？　じゃあ、見せてよ」

さすがに恥《は》ずかしさが限界を超《こ》えて倒《たお》れそうになったので、そそくさと再び湯に浸《つ》かり、春《はる》夏《か》に体を寄せた。

「い、いやですよ……」

言いつつも、ぴたりとくっついた肌《はだ》から逃《に》げようとする素振《そぶ》りはみせなかった。

彼女のパーソナルスペースが極狭《ごくせま》なのはわかっていたが、裸《はだか》のときでも変わらないのは、嬉《うれ》しい驚《おどろ》きだった。

「でも、見ないと確認《かくにん》できないし」

「しなくていいです！」

「いや、したい。わたしだけじゃ不公平な気がする」

「お姉ちゃんが勝手に見せたんじゃないですか！」

「あ、そういうこと言う？　お姉ちゃん、悲しいな……」

ぐす、と洟《はな》をすすってみせた。もちろん泣いてなんかいない。チープな演技だ。

だけど優《やさ》しいこの義妹《ぎまい》は、

「もう！　わかりました！」

半ばやけくそ気味に、叫《さけ》んだ。甘い声が浴場に、うわん、と響《ひび》く。

「じゃあ――」

「み、見せませんよ！　見せませんけど……触《さわ》ればわかりますよね？」

と、続けた。

「う、うん……」

その申し出に、今度は沙織《さおり》がたじろいだ。見られるのと触《さわ》られるののどちらが恥《は》ずかしいかは人によって違《ちが》うのだろうけれど、まさか、触《さわ》ってもいいと言われるとは思わなかった。

（どうしよう……）

触《ふ》れられるのは嬉《うれ》しいけれど、さすがに躊躇《ためら》いがよぎった。春夏《はるか》もちょっと怒《おこ》ったみたいに唇《くちびる》を尖《とが》らせている。だが、本気で怒《おこ》っているわけではなくて、照れ隠《かく》しな気がする。

（でも、なにも揉《も》もうってわけじゃないし……）

沙織《さおり》は、そう自分に言い訳をすると、

「失礼します……」

と言って、お湯の中で手を伸《の》ばした。

変にいやらしい触《さわ》り方にならないように気をつけないと。あくまでも自然に。姉が妹の体を触《さわ》るときのように――って、それはどういう風になんだ？　それは唯太《ゆいた》先生の本にも描《えが》かれていなかった！

（もう、なるようになれ！）

意を決し、沙織《さおり》は春夏《はるか》のおなかに手を押し当てた。何とも独特な柔《やわ》らかい感触《かんしょく》が掌《てのひら》一杯《ぱい》に感じられて、おう、となった。

おっぱいとは全然違《ちが》う。ふにふにしている。

掌《てのひら》をくるりと回して、お肉を乗せてたぷたぷと揺《ゆ》すってみる。求肥《ぎゅうひ》のような感じ。いや、もっと近いものがある。猫《ねこ》だ。あのお腹《なか》のルーズスキン。びよんと伸《の》びるあの部分をさわったときの幸せな感じにすごく近い。

これは、永遠にふれていられる。

できることなら、つまんだり引っ張ったりしたかったが、さすがにそれは怒《おこ》られそうだから、涙《なみだ》を飲んであきらめることにした。

「あの、そろそろもう……」

「あ、ごめん！」

恥《は》ずかしそうな春夏《はるか》の声に、沙織《さおり》は手を離《はな》した。

「これでおあいこってことでいいですよね……？」

少し恨《うら》めしげな声に、

「うん」

沙織《さおり》は頷《うなず》いた。

大満足だ。もっとあちこち触《さわ》ってみたかったけれど、姉妹《しまい》の垣根《かきね》を越《こ》えてしまいそうだから我慢《がまん》した。嫌《きら》われて何もかも駄目《だめ》にしたくはない。さすがに不自然だ。

（…………）

ならば、自然にしてしまえばいいわけで。

十分に温まったところで、沙織《さおり》は立ち上がった。

「じゃあ、体、洗おっか。……背中の流しっこ、しよ？」

「え、ええ……？」

「姉妹《しまい》なんだから、そういうの普通《ふつう》でしょ？」

本当はどうなのか知らなかったが、そういうもの、という自信満々な態度で、胸を張った。

無理強《むりじ》いはしない。

息を殺して待った数秒は、永遠にも感じられた。

やがて、もう、と呟《つぶや》いて、春夏《はるか》は立ち上がり、彼女の体を温泉のお湯が流れ落ちていった。

それを見ながら、沙織《さおり》は心の中で、よしっ、と強く拳《こぶし》を握《にぎ》り締《し》め、温泉に来て本当によかったと、招待券をくれたまどかに感謝した。

☆

（ちょっと湯あたりしたかな……）

体が火照《ほて》っているせいなのか、電気を消してもなかなか寝付《ねつ》けず、春夏《はるか》は天井《てんじょう》を見つめた。

半日で四回も温泉に入ったのは、初めてだった。

沙織《さおり》が、意地でも入る、と言って聞かなかったので春夏《はるか》も付き合うことにしたのだけれど、それでも全部の施設《しせつ》を試《ため》せてはいなかった。

サウナにも初めて挑戦《ちょうせん》したが、残念ながら、ととのうという感覚は味わえなかった。それは沙織《さおり》も同じだったようで、

「なにか感じる？」

「さあ？」

と、顔を見合わせて首を傾《かし》げた。

いっしょに何度も入る内に、最初はあった恥《は》ずかしさもすっかり薄《うす》れて、最後に入ったときには、二人とも、もう何も隠《かく》すことなくなっていた。

全ての時間が二人きりというわけではなかったが、他に人がいない時はずいぶんとはしゃいでしまった。

どうも気にいられてしまったみたいで、隙《すき》あらば、沙織《さおり》がおなかの肉をつまもうとするのには閉口したけれど、本気で嫌《いや》だとは思わなかったので、ふざける程度に手を払《はら》ったりした。

湯上がりに中庭を散歩して、ライトアップされた紅葉を楽しんで部屋に戻《もど》ると、夕飯の支度《したく》がすっかり整っていた。

見計らったように現れた仲居さんに説明を受けたが、テーブル一杯《ぱい》に並べられた料理は圧巻のひとことだった。山《やま》の幸《さち》、海《うみ》の幸《さち》、川の幸《さち》、と全てが揃《そろ》い、とても食べきれそうにもない量であったのだが、結局、おなかがはち切れるほど食べて、呑《の》んでしまった。

そのあとまた温泉に入って、ゆっくりと温まった。

こんなに楽しかったのは、いつぶりだろう。

家族旅行は子供の頃《ころ》に行ったきりだし、友達と旅行というのもなかった。沙織《さおり》とのこれはその両方のいいとこ取りという感じがする。両親が入籍《にゅうせき》すれば家族になるのだし、だから今回は女友達との旅行という感じもある。

体はぽかぽかしているし、おなかもはち切れそうだ。

「う、ん……」

隣《となり》で沙織《さおり》が身を起こす気配を感じて、春夏《はるか》は咄嗟《とっさ》に目を閉じた。なぜだろう。声をかけてもよかったはずなのだけれど、思わず寝《ね》たふりをしてしまった。さすがに夜風呂《ぶろ》に誘《さそ》われたら困る、と思ったのかもしれない。

だが、彼女は春夏《はるか》に声をかけることなく、どこかふらつく足取りで部屋を出ていった。すぐにドアの開く音が聞こえたので、トイレだとわかった。温泉宿はトイレがない部屋もあるが、この部屋は付いているので安心だった。

しばらくすると、沙織《さおり》が戻《もど》ってきたのが気配でわかった。

春夏《はるか》はずっと目を瞑《つぶ》ったままであったので、傍《かたわ》らに、とす、と座るような音がして、直後、どすん、と仰向《あおむ》けに寝《ね》ていた自分の上に彼女が倒《たお》れこんできたことに驚《おどろ》いて、目を開けた。

(お、お姉ちゃん⁉)

力が抜《ぬ》けた体というのは、思っていたよりもずっと重く、上体を起こすに起こせなかった。何とか首だけを持ち上げて、見れば、沙織《さおり》は春夏《はるか》の胸に顔を半ば埋《うず》め、すうすうと寝息《ねいき》を立てていた。

(まいったな……)

どうやら、寝《ね》ぼけて布団《ふとん》を間違《まちが》えたらしい。

頑張《がんば》れば、転がしてどけることも無理ではない気もしたが、そうしたらきっと起こしてしまうだろう。こんなに気持ちよく寝《ね》ているのに、それはかわいそうな気がした。

重たくはあるけれど、全体重が乗っているわけでもない。

それに——なんだか、可愛《かわい》かった。

普段《ふだん》、会社に行く時はとても凜々《りり》しいのに、家に帰ってスーツを脱《ぬ》ぐと途端《とたん》にゆるむ。そのギャップが、信頼《しんらい》されているようで嬉しい。

なんでもテキパキとこなすけれど、人懐《ひとなつ》っこいのか、甘えたがりなのか、隙《すき》あらば手を繋《つな》いだり、抱《だ》きついたりしてくる。

そのこと自体は、女子高時代に慣れているので、全然平気だった。最近ではむしろなんとなく手が寂《さび》しい時があるくらいだ。

沙織《さおり》と暮らし始めてから、高校時代を思い出す事が多くなった。生徒会長が沙織《さおり》と同じくスキンシップが多めな人だったからだろうか。

そんな彼女とも、ここまではしていない。同じ学年、クラスだったら、修学旅行の時にこういう感じにもなったかもしれないが、そうではなかった。

胸にかかる寝息《ねいき》が熱い。

春夏《はるか》は起こさないように気をつけつつ、そっと沙織《さおり》の髪《かみ》を撫《な》でた。なんとなくそうしたかった。シャンプーとリンスとコンディショナーが混じった匂《にお》いがする。それだけではなくて、彼女自身の頭皮の匂《にお》いもわかる。

いい匂《にお》いだった。

姉なのに、妹みたいでもある。頼《たよ》られるのも悪くない。

それに、こんなふうに他人の体温、重みを感じるのは初めてだった。母娘《おやこ》ならこうしたこともあったのかもしれないが、父娘《おやこ》ではなかった。もちろん、幼い頃《ころ》は抱《だ》っこもしてもらっていたのだろうけれど、父の体温はおぼえていないし、匂《にお》いといえば現在の加齢臭《かれいしゅう》が微《かす》かに混じったものしかわからない。

沙織《さおり》の匂《にお》いは、すごく安心する。

人工的な暖房器具《だんぼうきぐ》とは違《ちが》う。人の重みと熱と匂《にお》いがこんなに心を落ち着けてくれるものだとは、思ってもみなかった。

春夏《はるか》は沙織《さおり》の髪《かみ》を撫《な》でながら、彼女の匂《にお》いに包まれて、知らず、眠《ねむ》りへ落ちて行った。

☆

（こ、これはっ、いったいなんでこんなことにっ⁉）

射《さ》し込む朝日と鳥のさえずりに目を覚ました沙織《さおり》は、自分が何処《どこ》に寝《ね》ているのかをすぐに理解したものの、予想もしていなかった状況《じょうきょう》に、プチパニックになった。

（わたし、どうして春夏《はるか》ちゃんのおっぱいを枕《まくら》にしてるわけ⁉）

で、ある。

しかも、浴衣《ゆかた》がすっかりはだけた裸《はだか》の胸に、だ。その上、彼女の手が自分の頭をホールドして、押し付けるみたいになっている。

実際は乗っているだけで、簡単に除《の》けそうではあったけれど。

（ああー……これはあれだ。多分、寝《ね》ぼけたんだ、わたし……）

少し冷静になると、状況《じょうきょう》の分析《ぶんせき》は簡単にできた。

これは、癖《くせ》みたいなものだ。

以前、友達と旅行に行った時に同じことをして驚《おどろ》かれたことがある。

前の恋人《こいびと》と二人で住んでいたときはベッドが一緒《いっしょ》だったから自然な行為《こうい》だったし、独りになってからは埋《うず》める胸がなかったから、その間に、なくなったものだと思っていた。この旅行まで、春夏《はるか》のベッドにもぐりこむことはなかったので。

（気が緩《ゆる》んだかー……）

そうとしか思えない。

この癖《くせ》、別に直ったわけではなかったようだ。多分、自分でもまったく意識していなかったけれど、春夏《はるか》との生活はそれなりに緊張《きんちょう》感を持っていたのだろう。

それが、日常を離《はな》れた温泉ですっかり溶《と》けてしまったに違《ちが》いない。

（油断した……にしても……）

沙織《さおり》は、目だけを動かして、春夏《はるか》を見上げた。

仰向《あおむ》けでも形を保っているふくよかなふくらみの向こうに、義妹《ぎまい》の顔が見える。

よく、寝《ね》ている。

ゆっくりと上下するたびに、ウォーターベッドみたいに顔が胸に沈《しず》む。それがとても気持ちいい。少しねっとりとした甘い匂《にお》いが、顔全体を包んでくる。

とろん、とした眠気《ねむけ》が込《こ》み上《あ》げてくる。

このままもう一度寝《ね》てしまってもいいかな、と思ったが、同時に別の《欲》がむくりと頭をもたげるのを、沙織《さおり》は体の奥に感じた。

塊《かたまり》のような熱。

有《あ》り体《てい》に言ってしまえば、性欲だ。

男の性欲がどんなものかは知らないけれど、女にも、それはある。男みたいにわかりやすく見た目には出ないだけで、うずくし、濡《ぬ》れたりもする。

思い切り触《さわ》りたいし、触《さわ》ってもらいたい。好きな人に弄《いじ》ってもらうのは、すごくすごく気持ちがいい。

だから、春夏《はるか》にしてもらえたら、とても気持ちがいいだろうな、とは思う。この子のことが好きだから。妹としてだけでなく、女としても。

だけど、春夏《はるか》は違《ちが》う。

この子がこうしてくれているのは、姉妹《しまい》だからだ。

友達以上——だけど恋人《こいびと》ではない。

好かれている自信はあるけれど、それは愛情ではないだろう。ただの、情、だ。たった一文字足りないだけで、決して超《こ》えられない谷がある。

ここまでなら、女同士の戯《たわむ》れとして許してくれているのだろう。その範囲《はんい》は人によって違《ちが》うけれど、春夏《はるか》はとても寛大《かんだい》な方だ。勘違《かんちが》いしてしまいそうになるくらいに。

そう、勘違《かんちが》いだ。

調子に乗ってこの先に踏《ふ》み込めば、姉妹《しまい》という関係すら失いかねない。両親が無事に入籍《にゅうせき》すれば形の上の関係性は残るけれど、それだけでは寂《さび》しい。

だから今は、これで満足しなければ。

愛が不確かなことは、嫌《いや》というほど思い知った。相手だけでなく、自分の愛も揺《ゆ》らぐということを、思い知った。

母の結婚《けっこん》は、それに追《お》い討《う》ちをかけた。

人の戸籍《こせき》に入っても、母は母――それはそうなのだが、あの時に感じた孤独《こどく》感は、とうてい他人にはわからない。たぶん、誰《だれ》にも。

まどかには説明してみたけれど、理解してはもらえなかった。なんとなくはわかってもらえても、そこまでだった。顔を見ればわかる。

無くならない関係が欲《ほ》しかった。

世界で自分はひとりきりじゃない、と思える相手が欲《ほ》しかった。

だから、母の再婚《さいこん》相手に娘《むすめ》がいると知って、とても嬉《うれ》しかった。その子が自分の好みにぴったりだったのには戸惑《とまど》ったけれど、姉妹《しまい》という新たな関係性が生まれることに、本当にほっとした。

だからこそ、それを壊《こわ》すような真似《まね》はできない。踏《ふ》み込んではいけない。

(いまはこれでいい。これだけでいい)

沙織《さおり》は目を閉じて、ビーズクッションみたいなふくらみに顔を埋《うず》めた。

理性も何もチーズみたいに溶《と》けてしまいそうな感覚に身をゆだね、再び押し寄せてきたまどろみに今度こそ抗《あらが》わず、春夏《はるか》の甘い肌《はだ》の香りを思い切り吸った。

8

突然《とつぜん》の温泉から、二週間ほどが過ぎたが、あれ以来、二人の仲が深まったような気が、春夏《はるか》はしていた。

少なくとも沙織《さおり》は間違《まちが》いなくそうだと思えた。

例えば、スキンシップが前にもまして増えたことからも、それはわかる。

帰ってきて、疲《つか》れたと言っては寄りかかってくるし、料理をしていれば後ろから抱《だ》きつくみたいにして手元を覗《のぞ》き込んでくる。夕食が済んだあと、濡《ぬ》れた髪《かみ》を丁寧《ていねい》に乾《かわ》かしてくれたりもする。楽しそうなので任せているが、なんとなくもじもじする。

春夏《はるか》も彼女の髪《かみ》を乾《かわ》かしてあげるようになったが、これは強く乞《こ》われてのことで、彼女は髪《かみ》が長いので大変だった。とはいえ、嫌《いや》ではなく。乾《かわ》かしている間、延々と続くその日何があったかを聞くのは楽しかった。

よくもまあ、こんなにいろんなことが起こるものだ、と驚《おどろ》く。

春夏《はるか》の行動範囲《はんい》と言えば、相変わらず家の周辺のカフェやスーパーばかりで、ほとんど代《か》わり映《ば》えがしない。今日は昨日と同じだし、明日は今日ときっと同じだ。

前はそれが焦《あせ》りの原因にもなったけれど、沙織《さおり》と暮らすようになってからは、あまり感じなくなった。彼女が、父のように将来のことをあれこれ聞かないからかもしれない。

春夏《はるか》とて、いずれはまた就職して自立を、と考えてはいる。

レシピで稼《かせ》げてはいるけれど、それで得られる収入はお小遣い程度で、援助《えんじょ》がなければひとり暮らしなどは無理だった。

この特技を活《い》かせる仕事はないものか、と時々、探してはみるものの、出てくるのはレストランチェーンの調理の仕事ばかりで、とても勤まるとは思えなかった。そもそも、プロの料理人になりたいわけではない。

上下関係が特に厳しいという話を聞くし、人間関係を思うと尻込《しりご》みしてしまう。

そういえば旅行の際、

「そろそろ敬語はやめない？」

と再び言われたが、もう慣れてしまっているので、いまさら変えるのは難しかった。

彼女はそれで距離《きょり》を感じているようだけれど、春夏《はるか》にしてみればそんな意図はなく、尊敬の念があってこその敬語だったから、自然なものだった。

どうしても、と言われたら努力はするが、いまのところその説明で納得《なっとく》してくれたみたいだったので、そのままになっている。

他にあったことといえば、温泉から帰ってすぐ、父と沙織《さおり》の母のあやみさんは入籍《にゅうせき》した。式を上げる代わりに二週間の新婚《しんこん》旅行を計画しているようで、留守の間の実家の郵便物などを頼《たの》まれている。すでにあやみさんは実家に引《ひ》っ越《こ》していて、父との暮らしを始めている。

慣れ親しんだ家の様子がどう変わってしまったのかを見たくないので、しばらくは帰ることはないだろう。あやみさんのことは嫌《きら》いではないが、それとこれとは別だ。

春夏《はるか》は、タブレットをテーブルに置くと、んん、と大きく伸《の》びをして体をほぐした。長い時間、ディスプレイに向かっていると肩《かた》や背中だけでなく、脳もこる気がする。時折休憩《きゅうけい》をしてほぐさないと、いいアイデアは出ない。

席を立って、春夏《はるか》は部屋を出た。その足で、沙織《さおり》の自室に向かう。

最近の脳のストレッチは、彼女の百合《ゆり》ものだった。

春夏《はるか》自身には恋愛《れんあい》経験はなかったし、男女のラブストーリーを見ても面白《おもしろ》さがよくわからなかったが、百合《ゆり》物にはどきどきした。恋愛《れんあい》ものって面白《おもしろ》かったんだ、と初めて思えて、いろいろな漫画《まんが》を借りて読んだ。

沙織《さおり》の所有している漫画《まんが》は、全て読み終えてしまったので、近頃《ちかごろ》は小説の方にも手を出している。彼女自身は漫画《まんが》の方が好きなようで、借りた本はあまり開いた形跡《けいせき》もなかったが、春夏《はるか》にはとても楽しかった。

丁度、読み終えたので、別の小説を借りるつもりだった。

部屋に入ると、沙織《さおり》の匂《にお》いがした。

使っているボディソープやシャンプー、コスメで、人の匂《にお》いは違《ちが》ってくる。ただ、それらが同じなら、匂《にお》いもそうなるかというと違《ちが》って、そこに本人の体臭《たいしゅう》が混じって、唯一《ゆいいつ》無二なものになる。

それを感じながら、春夏《はるか》は本棚《ほんだな》に向き合った。

百合《ゆり》小説は、漫画《まんが》の奥にしまってあるので、一旦《いったん》、漫画《まんが》を除《の》けなければならない。春夏《はるか》の借りた本の分の隙間《すきま》がぽっかりと空いているので、押し込んでしまわないように気をつけた。

借りていたのはペーパーバックタイプの小説で、一日で読みきってしまった。もう少し読み応えが欲《ほ》しいな、と思い、今度はハードカバーに手を伸《の》ばした。

タイトルは『蒼《あお》い襞《ひだ》』とある。

ひだ、というのがなんだか意味深だ。

見返しにあらすじがあって、どうやら、幼なじみの愛憎《あいぞう》物語のようだった。華道《かどう》と茶道《さどう》の家元がどうとか書いてある。他にもなにやら過激な文言が踊《おど》っているから、性愛の描写《びょうしゃ》も激しめだと思われた。

（うーん……どうしよう……）

読みたい気持ちと、読んでいいのか、という気持ちがせめぎあった。

さんざん過激な漫画《まんが》を読んでおいていまさら、という気もするが、春夏《はるか》には小説の方が我がことのように高い共感を抱《いだ》けてしまうので、大作に手を出したら途中《とちゅう》でやめられなくなって、仕事も家のことも手につかなくなってしまうのでは、という心配がある。

(けどまあ、せっかくだし……)

とりあえず冒頭《ぼうとう》だけでも、と思い、ページをめくった表紙に、間から何かがはらりと落ちた。

なんだろう、と思って目で追うと、落ちたのは栞《しおり》よりよほど大きな四角い紙で、

(インスタント写真?)

が、裏返しになったものだと思えた。

春夏《はるか》は本を一旦《いったん》閉じると、膝《ひざ》を折ってそれを拾い上げた。

くるりと返した途端《とたん》、

(え――)

どん、と全身が跳《は》ねるような感覚に見舞《みま》われた。

そこに写っていたのは、沙織《さおり》と――見知らぬ裸《はだか》の女だった。

裸《はだか》なのは、その女だけではない。沙織《さおり》も一糸纏《まと》わぬ姿で、二人は体をぴたりと密着させていた。沙織《さおり》は照れたような、それでいてどこか甘えるような表情で、女に支えられている。女の手は義姉《ぎし》の胸をつかんでいて、その触《さわ》り方にはどこか性的なものを感じた。

春夏《はるか》はあわてて写真を本の間に戻《もど》すと、それを本棚《ほんだな》に押し込んで、ふらふらと部屋を出た。

そのまま足をもつれさせながらキッチンに行き、冷蔵庫に常備してあるペットボトルのお茶

を飲んだ。

駄目《だめ》だ。動悸《どうき》も、熱も、動揺《どうよう》も治まらない。全身が心臓になってしまったみたいだった。

春夏《はるか》は背中で冷蔵庫に寄りかかった。

あの写真は、あれは、女同士で、ということなのだろう。

ふざけてした、というのではないと思えた。女同士でもそこまではしない――と思う。友人が少なかったので、私見でしかないけれど、さすがにないと思う。

（つまり……お姉ちゃんは、そういうこと……？）

急に、彼女の本棚《ほんだな》にある本たちが、その内容が、生々しく思えた。

ランチをしていたら、いつも画面の向こう側で見ていた有名人が突然《とつぜん》向かいの席に座った、とでも言えばいいだろうか。

フィクションだと思っていたら、事実だった、というような。

（どうしよう……）

何がどうしようなのかは説明する事ができないが、今の春夏《はるか》の気持ちは、それ以外にはなかった。

もう一口お茶を飲もうとして手が滑《すべ》り、ペットボトルが床《ゆか》に落ちてフローリングに、どくどくと零《こぼ》れてしまった。

春夏《はるか》は慌《あわ》ててボトルを立て、零《こぼ》れたお茶をキッチンペーパーで吸った。何度も何度もそうし

ながら、頭の中をぐるぐるとまわるのは、どこまでいっても、

（どうしよう……）

という、答えのない自問ばかりだった。

☆

「ただいまー」

すっかり陽が落ちて薄暗《うすぐら》い玄関《げんかん》の明かりをつけ、適当にパンプスを脱《ぬ》いだ沙織《さおり》は、今日は料理の匂《にお》いがしないな、と不思議に思った。

帰る時間をメッセージするようになってからは、沙織《さおり》の帰宅に合わせて夕食の準備をしてくれるので、大抵《たいてい》、玄関《げんかん》を開けると料理のいい匂《にお》いがして、献立《こんだて》を予想するのが密《ひそ》かな楽しみになっていたのだ。

今日は、それがない。

春夏《はるか》の靴《くつ》はあるから、家にいるのは確かだと思うのだけれど、リビングにも明かりがついていない。多分、部屋にいるのだと思うが、ただいまと言ったのに、迎《むか》えに出てこないのも珍《めずら》しい。ヘッドホンをして動画でも見ているのだろうか？

とりあえず着替《きが》えてから、と沙織《さおり》は自分の部屋に戻《もど》り、明かりをつけてすぐ、違和感《いわかん》を覚え

た。いつも見慣れている景色だからこそ、ちょっとした変化があると、あれ？　と思う。それがなんなのか、特定するのは時間がかかるのだけれど。

沙織《さおり》はトートバッグを床《ゆか》に置くと、部屋をぐるりと見回した。何が違《ちが》うのか——その視線は本棚《ほんだな》の一冊の本で止まった。

漫画《まんが》の間に、ハードカバーの本が押し込まれている。

——『蒼《あお》い鬚《ひだ》』

いつか読むかもしれない、とそのままにしてあった、前の彼女から贈《おく》られた小説だ。全部読む前に別れてしまって、その別れ方も綺麗《きれい》にとは行かなかったから、それからずっと、開く気になれなかったが、処分もできなかった。彼女が『尊いから』と勧《すす》めてくれたものを、結果はどうあれ、捨ててしまうのは作品に悪い気がした。

春夏《はるか》が興味を持ったのならこの本も報《むく》われるというものだけれど、いつもきちんと元の位置に戻《もど》す彼女にしては、ずいぶんと雑な扱《あつか》いをするな、と思いつつ、沙織《さおり》は数年ぶりにその本を手にして、何かが挟《はさ》まっていることに気づいた。

（——っ）

インスタント写真は厚い。勝手に開いた本の間にあった物がなんなのかに気づいて、沙織《さおり》は血が沸騰《ふっとう》するような衝撃《しょうげき》に全身を貫《つらぬ》かれた。

彼女との事後の一瞬《いっしゅん》を切り取ったもの。

当時、インスタント写真にはまっていた彼女が、記念だから、とふざけて撮《と》った一枚だ。

もう、すっかり忘れていた。

他にもいろいろ撮《と》ったけれど、それをどうしたかは知らない。引《ひ》っ越《こ》した時に、全部、持って行ったものだと思っていた。

（それが、何でこんなところに……）

悪意——ではないだろう。さすがにそんなことをする人ではなかった。

流出すればいいと思った？　いや、それはない。インスタント写真の厚さなら、本を処分しようと思った時には必ず気づく。

では、アウティング？　この部屋に入った誰《だれ》かが、本を手にしたときに、沙織《さおり》が《本百合《ゆり》》なのだと暴露《ばくろ》するために？

それもないと思えた。彼女は、自分がよほど心を許した相手でなければ勝手に部屋を弄《いじ》らせないことを知っている。

あるとすれば、新しい恋人《こいびと》への意地——みたいなものだろうか。そういう話なら、フィクションでも、実際にあったことでも、知っている。

あるいは、何かの願掛《がんか》け、か？　普段《ふだん》読まない本を手にして、よかった頃《ころ》を思い出すきっかけになって欲しかった、というのは、いちばん彼女らしかった。

あの子は、乙女《おとめ》だったから。

とにかく——前彼女の思惑《おもわく》はどうあれ、沙織《さおり》はわかった気がした。

春夏《はるか》はきっと、これを見たのだ。

そして、気づいたに違《ちが》いない——本当の義姉《ぎし》に。

だから、今日は家の中が普段《ふだん》と違《ちが》うのだろう。そうだったんですね、と天気の話をするみたいには、受け入れてもらえなかったらしい。

物語は物語。

そんなことはわかっていたはずだ。このまま同居を続けていけば、いずれは向き合わなくちゃならないことも。

だとしても、そのタイミングは自分で決めたかった。こんなふうに知られたくはなかった。

せっかくいい感じに《姉妹《しまい》》になれてきたと思っていたのに。

（まいったな……）

あの温泉旅行で自分の中の優先順位がはっきりして、まずは姉妹《しまい》としてしっかりと絆《きずな》を作っていこうと決めて、上手《うま》く行っていると思っていたのに。

それが、こんな形で知られてしまうなんて。

だけど、こうなったからには、向き合わなくてはならない。これを嘘《うそ》だとは言えない。言いたくない。言わないでいるのと、否定するのはまったく違《ちが》う。

自分を殺したくはない。

本を戻《もど》し、沙織《さおり》は部屋を出た。春夏《はるか》の部屋の前に立ち、深呼吸をしてノックした。

すぐに、はい、と返事があった。

帰ってきたことには気づいていただろうし、となれば、いつもと違《ちが》う様子に部屋に来ること
も予想できていたに違《ちが》いない。

「入るよ？」

言って、ドアを開くと、春夏《はるか》は、電気を点《つ》けた部屋の真ん中に立っていた。手を体の前に組
んで指を弄《いじ》り、ハの字に立った足のスリッパの爪先《つまさき》を互《たが》いに擦《す》り合《あ》わせている。

うつむいてはいなかったけれど、決して沙織《さおり》を見ず、視線はあちこちに泳いでいた。

(やっぱり、見たんだ)

ただの思《おも》い違《ちが》いということも、と頭の片隅《かたすみ》で考えていたのだけれど、そんなのは都合のいい
話だった。それだけでなく、あの写真の意味も、わかったに違《ちが》いない。

それでも、

「……あの写真、見た？」

確認《かくにん》せずにはいられなかった。

春夏《はるか》は驚《おどろ》いて顔を上げ、ようやく沙織《さおり》を見た。何か言いかけてやめて、目を伏《ふ》せてしばらく
床《ゆか》を見ていたけれど、やがて、こくりと頷《うなず》いた。

「あの……つまり、お姉ちゃんは……あの人は……」

「うん」

知られてしまったのなら、隠《かく》す意味はない。

「あの写真、多分、前に付き合ってた子が残してったものだと思う。あまり長い時間じゃなかったけど、ここで一緒《いっしょ》に暮らしてたんだ」

なんでもないことみたいに、沙織《さおり》は言った。春夏《はるか》にもそう思って欲しかった。

「珍《めずら》しくもない話だよね、いまどき」

沙織《さおり》が笑うと、春夏《はるか》もつられるみたいに少しだけ笑《え》みをこぼしてくれた。

ほっとした。

少なくとも、その表情に嫌悪《けんお》は浮《う》かんでいなかった。

それじゃあこの話はおわり、と、

「夕飯、どうしよっか？　これから支度《したく》するのも大変でしょ？　初日みたいにデリバリーするか、それとも外に食べに――」

何気なく伸《の》ばした手に、春夏《はるか》が体を固くした。

あからさまではなく、沙織《さおり》でなかったら気づかなかった程度の反応だった。けれどそれは確実に、沙織《さおり》の心を折った。ぼきっ、という音が本当に聞こえた。

――拒《こば》まれた。

気づけば、沙織《さおり》は逃《に》げ出《だ》していた。

部屋を飛び出し、転がるように家を出て、夜の街を走っていた。

これでもうおしまいだ、と何かがずっと囁《ささや》いてくる。

やめて！　と叫《さけ》びながら、沙《さ》織《おり》は転がるように走った。どこへ行ったらいいのかわからず、どこにもいくところがなく。

☆

白神《しらかみ》まどかは、珍《めずら》しい時間に鳴った自宅マンションのインターホンのモニターに映った女に驚《おどろ》いて、慌《あわ》てて部屋を出た。

沙《さ》織《おり》だった。

なんだかよれよれのズボンタイプのビジネススーツ姿で、トートバッグの片方の紐《ひも》は肩《かた》から外れて下がり、何より異様だったのは、幼児みたいにわんわんと泣いていて、何か言っているのだけれど、まったく意味が聞き取れないところだった。

エントランスに下りると、異様なものを見る目をした住人とすれ違《ちが》い、すいません、と愛想《あいそ》笑《わら》いを浮《う》かべて、とにかく部屋に引っ張っていった。

最悪の予想がよぎったが、服装が乱れているのは走ったせいだと思えた。乱れているだけで破れたりはしていない。

椅子《いす》に座らせ、事情を聞くのは後回しにして、お湯を沸《わ》かした。

ガラス製のティーポットにカモミールティーの茶葉を入れて、設定温度に沸《わ》いたお湯を注いで、葉が開くのを待つ間にカップを用意した。

その間も、沙織《さおり》は、ううー、と唸《うな》るように泣いていて、止まる気配がなかった。

こういうときは、しばらく放っておくに限る。

どうせ何を言っても耳に届いていないし、ひとまずここなら安心だとわかれば、落ち着いてくるだろう。

(面倒《めんどう》だなー……)

少しほっとしたせいか、正直にそう思ってしまって、まどかはちいさく溜息《ためいき》をついた。

思い出したが、沙織《さおり》と知り合って数年になるが、何度かこういうことがあった。

前は、恋人《こいびと》と別れたときで、今と同じように、べしょべしょに泣いて、潰《つぶ》れるまで呑《の》んで、しかたなくその日は、店の近くのラブホテルに泊《と》まった。

もちろん、何もしなかったけれど。

体を締《し》め付《つ》けないように、服のボタンやベルトを緩《ゆる》めてあげただけだ。翌日、ホテル代をきちんと返してくれたから、まあいい。

この家にも何度か遊びに来たことがあるし、まどかも沙織《さおり》の家に行ったことがあるが、泊《と》まったことはないし、何より、家でふたりきりは初めての状況《じょうきょう》だった。

（まあ、何があったかは予想がつくけど……）

多分、妹ちゃんに《本百合《ゆり》》だということを、知られたのだろう。それも、おそらくは予期しない形で。

その上、反応は好ましいものではなかった、ということだ。そうでなくて、これほど取り乱すはずがない。

しかし、急転直下だな、とは思った。

この間、いつものバーで会った時は、温泉土産《みやげ》をくれて、いかに楽しかったかをまくし立てていたのだから。

沙織《さおり》はすっかり舞《ま》い上《あ》がっていて、

「いやあ、このまま彼女になっちゃうかも？　ほんと、神様ありがとうな気持ち！」

などと、おどけていた。

「調子に乗ってると、蹴躓《けつまず》いてすっ転ぶよ？」

とからかったのだが、まさか本当になるとは。

まどかは温めたカップにカモミールティーを入れて、沙織《さお》の元へ戻《もど》った。涙《なみだ》で顔がぐしゃぐしゃの彼女の前にカップを置き、対面に座って、

「で？　何があったの？」

と、訊《き》いた。

それから三〇分、沙織《さおり》はあれこれと話したが、声はがらがら、しょっちゅう洟《はな》を啜《すす》るのでまともに聞き取れなかった上に、話があちこちに飛ぶので、ちっとも要領を得なかった。

それでも何とかわかった事情は、凡《おお》そ、まどかの想像したとおりだった。

ただ、

(ったく、クソだな)

前彼女のアウティングに等しい行為《こうい》には、心底腹が立った。

いまだに沙織《さおり》はどこかかばうような物言いをしていたが、そんなわけがない。

こんなのは、ただの嫌《いや》がらせだ。

別に、沙織《さおり》に未練があるとかないとかではなく、こういう女なんですよ、と暴露《ばくろ》したかっただけに違《ちが》いない。相手が事情を知っていようがいまいが、そんなことはどちらでもよかったに決まってる。

だけど——妹ちゃんの反応は、よくわからない。

話を聞いていた限りでは理解を得られそうな感じだったのだが、そうではなかったということか。まあ、自分が知っている『高梨春夏《たかなしはるか》』という女は、あくまでも沙織《さおり》の目を通して見た、彼女の印象の妹ちゃんでしかないのだが。

当てにならないもんだ、と思いながら、乱暴に目を擦《こす》ってますます化粧《けしょう》を崩《くず》してしまっている沙織《さおり》に向かい、

「しばらくここにいれば？　ベッドはソファーしかないけど。あと、食事は期待しないでよね。料理なんかほとんどしないんだから」

そう、まどかは申し出た。

彼女は、ありがと、と言った気がしたが、すべてに濁点《だくてん》がついているような汚《きたな》い声だったので、ちゃんとは聞き取れなかった。

（ほんと……恋《こい》する女は面倒《めんどう》くさいったら）

まどかは、カモミールティーをゆっくりと飲みながら、化粧《けしょう》が崩《くず》れてすっかり汚《きたな》くなった親友の顔を、目を細めて見守った。

☆

沙織《さおり》が家を出て行って、一週間が経《た》った。

その間、何度もメッセージは送ったが、既読《きどく》にはなるものの返信はなく、何か事件に巻き込まれているのでは、と思い、会社に連絡《れんらく》してみると、ちゃんと出社はしているようだったので、親に知らせることはしなかった。

それに、彼女が帰ってこない理由は、わかっていた。

確証があるわけではないけれど、考えられるとしたら、それしかなかった。自分でいう前に知られてしまった、そのショックから――。

（本当に……？）

黙《だま》って飛び出していってしまったのならそうかもしれないが、彼女はわざわざ部屋に来て、自分の口で告白をして、そういうことだから、と話をまとめて切り上げようとしたのではなかったか？　そのあと、何か食べに行こうと言われて――突然《とつぜん》、表情が変わったと思ったら、家を飛び出していってしまった。

あとを追えばよかったのかもしれなかったが、あの時は、呆然《ぼうぜん》としてしまって何もできなかった。ことがことだったから、ひとりで気持ちを落ち着けたくなったのかもしれない、と考えて、メッセージも送らずに寝《ね》てしまった。

さすがに翌朝、帰ってきていないとわかってからは慌《あわ》てたが、メッセージが既読《きどく》になったのでひとまず安心し、けれどそのあとで、誰《だれ》かが代わりにメッセージを使っている可能性に思い至って悩《なや》み、でも大人なんだから、と二日は我慢《がまん》して、それから会社に電話をした。

それで、ただ帰ってこないだけとわかったので、正直、すでに心配の段階は通り過ぎて、今は逆に腹が立っていた。

だいたい、隠《かく》し事《ごと》をしていたのは彼女の方だ。なのにどうしてこっちが罪悪感を抱《いだ》かなければならないのか。

帰ってこないならこないでもいいけれど、メッセージに返事もよこさないなんていうのは、大人の態度ではない。ましてや姉妹《しまい》の、家族のすることではないだろう。こんなに心配をかけるなんて、こっちの気持ちをちっとも考えていない。

四日目には、このまま帰ってこないつもりなら、こっちが出て行こうかと考えた。

そもそもここは沙織《さおり》の家なのだから、いづらくなったのならこっちに出て行って欲しい、と言えばいい話だ。彼女が帰ってこないのは、理屈《りくつ》に合わない。

勢いややけくそではなくそう思い、実際にネットで借りられそうな家を探し始めたのは、一昨日のことだ。

敷金《しききん》や引《ひ》っ越《こ》し費用は悪いけれど父に頼《たよ》るとして、生活費については、このところ増えた仕事でしばらくはどうにかなる。

大変だとは思うが、実家を出ていきなりひとり暮らしを始めるよりは、ずいぶんとハードルも下がった。

一週間が経《た》ち、そろそろ本気で内見を申し込んでみようかな、と考えていた時、沙織《さおり》のアカウントからメッセージが届いた。

ようやくですか、と安堵《あんど》と怒《いか》りが綯《な》い交《ま》ぜになった心地《ここち》で開くと、義姉《ぎし》のアカウントを使って届いたメッセージは、彼女からではなかった。

『初めまして。私は白神《しらかみ》まどかと申します。突然《とつぜん》、こんなメッセージをお送りしてしまい、申し訳ございません』

『私は沙織《さおり》の友人で、事情は彼女より聞いております。現在、彼女は私の家にてお預かりしておりますので、ご安心ください。つきましては、今後のことについて、あなた様とお話し合いを持ちたく、ご連絡《れんらく》をさせていただきました』

『私は状況《じようきよう》の確認《かくにん》と整理を、白石《しらいし》より一任されております』

『ご都合の良い日にち、時間など、お教え願いませんでしょうか？　何卒《なにとぞ》よろしくお願いいたします』

立て続けに四通、そんな風にメッセージが届いて、春夏《はるか》は驚《おどろ》いた。

つまり――彼女は現在、友達の家にいて、これからのことについてその友人をよこすから、話し合って欲しい、ということか。

なんで自分で来ない、と一瞬《いっしゅん》、腹を立てたが、家を飛び出していったときの沙織《さおり》の様子を思い出して、その方がいいかもしれないと冷静になった。ずいぶんと感情的だったから、今もそうなら、とても話し合いにならない。何であんなふうに突然《とつぜん》取り乱したのか、今もわからないのだけれど。

いつにしよう、とスケジュールを確認《かくにん》しようとしたら、

『なお、こちらと致《いた》しましては、ただいまからでも異存はございません』

と、またメッセージが来た。

リモートで、ということかな、と思っていたら、

『当方、白石《しらいし》に頼《たの》まれて荷物を取りに下に来ておりますので』

と、続けて届いた。

話し合い云々《うんぬん》はともかく、こう言われては家に上げないわけにはいかない。そもそもここは沙織《さおり》の家なのだから。

『わかりました。どうぞ』

そうメッセージを送ると、すぐにインターホンが鳴った。

モニターに映ったのは、あの写真の女性ではなかった。どこか凛《りん》とした、押しの強そうな美人で、毛先が内側に向くようにカットされたセミロングの髪《かみ》色は明るく、リップはフルボディのワインを思わせる暗い赤だった。

いま開けます、と言って、共有ドアのロックを解除した。女は微笑《ほほえ》むとモニターから消え、しばらくして、今度は玄関《げんかん》のチャイムが鳴った。確認《かくにん》すると、先ほどの女が立っていて、春夏《はるか》は玄関《げんかん》に向かい、鍵《かぎ》を外してドアを押し開けた。

「……こんにちは」

女の言葉に、春夏《はるか》はぎこちなく頭を下げた。

「沙織《さおり》の友人の白神《しらかみ》まどかです。仕事に必要な物があるっていうから、それを取りに来たんだけど……入っても？」

「は、はい……」

春夏《はるか》が下がると、まどかは勝手知ったる様子で、ショートブーツを脱《ぬ》いだ。

慌《あわ》ててスリッパを出す。

彼女はそれを履《は》くと、

「それで、どうする？　荷物だけ持って帰ってもいいんだけど……話、聞く？」

そう訊《たず》ねた。

なんだか、圧が強い。喧嘩《けんか》腰《ごし》ということではなく、ぐいぐいくる。こっちが迷っている間にずばずば決めてしまう、ちょっと苦手なタイプ。

少し迷ったあとで、春夏《はるか》はうなずいた。

このまま帰したら、もやもやしたままだろうし、こちらの考えもちゃんと伝えておきたかった。この家を出て行く準備は進めていたが、まだ、そうするつもりがあることを沙織《さおり》に伝えてはいなかった。

メッセージより、彼女に説明してもらった方がいい気がする。

どうぞ、とリビングに通すと、彼女はアウターを脱《ぬ》いで椅子《いす》の背にかけた。ミリタリーグリーンのファーのないモッズコートの下は体の線がしっかりと出るノースリーブのハイゲージのニットで、なんというか、迫力《はくりょく》があった。コートと同色のカーゴパンツも似合っている。

「先に、頼《たの》まれたものを取りにいってもいい？」

「あ、はい。部屋は――」

「知ってるから大丈夫《だいじょうぶ》」

手を、ひらと振《ふ》って、まどかは迷わずに沙織《さおり》の部屋に向かった。

どうやらこの家に来たことがあるらしい。本当に友人のようだ、と春夏《はるか》は少し安心した。スマホを取り上げられて監禁《かんきん》されている可能性も、とどこかで思っていたのだ。

「コーヒーは大丈夫《だいじょうぶ》ですか？」

ドアが開けっ放しの沙織《さおり》の部屋に向かって声をかけると、

「大丈夫《だいじょうぶ》だけど、できたら紅茶がいいかな」

と、遠慮《えんりょ》のない答えが返ってきた。

ダージリンの茶葉があったので、ご要望どおりにしてテーブルで待っていると、ほどなくして、白神《しらかみ》まどかは書類を手に戻《もど》ってきた。それを曲がるのも気にせず、形がゆるっとしたトートバッグに放り込んで、春夏《はるか》の対面に座った。

なんとなく態度が攻撃《こうげき》的、と感じて、春夏《はるか》は腿《もも》に爪《つめ》を立てた。沙織《さおり》がここを出ていった原因がわたしにあると思っているのだろうか？　だとしたら誤解だ。

まどかは、背をしゃんと伸《の》ばして、にっこりと笑《え》んだ。

「それじゃあ、改めて。沙織《さおり》に居座《いすわ》られて、さすがにいい加減、出てって欲しいんだけどって思ってる、友人の白神《しらかみ》まどかです」

正直すぎる自己紹介《しょうかい》だった。

「……高梨春夏《たかなしはるか》、です……義理の妹……予定です……」

両親は籍《せき》を入れたから、これであっているはずだ。といっても、沙織《さおり》は戸籍《こせき》に入るつもりはないらしいから、世間一般《いっぱん》から見た《形》の話だけれど。

「なるほど」

大きな瞳《ひとみ》が動いて、素早《すばや》くはあったが、間違《まちが》いなく値踏《ねぶ》みされた、と思った。

「君が、噂《うわさ》の妹ちゃんか」

どんな風に話していたのか知らないが、かなり間違《まちが》っているのではないか、と感じた。

「あの……姉は大丈夫《だいじょうぶ》ですか？」

「ぜーんぜん」

にこやかに否定された。

「大人だから、会社はちゃんと行ってるけど、帰ってきたらそのあとはぐっだぐだ。ずっとべそべそしているから、目なんか三倍くらいに腫《は》れたまんまだし、鼻の頭は皮が剝《む》けて赤くなってる。さすがに一週間も同じ話を聞くのは飽《あ》きたので、現状を打開すべくここへ来た、という次第《しだい》です」

「……す、すみません……」

思わず謝ってしまった。ただの取《と》り繕《つくろ》いだったのだけれど、まどかはそれを見逃《みのが》してはくれなかった。

「謝るってことは、君、自分が悪いんだとわかってるってこと？」

かちん、と来た。

（わたしが悪い？　なんで？　勝手に告白して、勝手に自己完結して、勝手に飛び出していったのに、どうしてわたしが悪いって話になるの？）

さすがに顔に出てしまうのを、隠《かく》すことはできなかった。

「……いまの謝罪は、妹としてです。あなたにご迷惑《めいわく》をかけているみたいですから、それについて謝っただけで、他に意味はありません……」

ふうん、とした態度を崩《くず》さないまどかに、春夏《はるか》は続けた。

「……正直、彼女がなんで突然《とつぜん》、家を飛び出していったのか、わからないですし……」

まどかに見つめられ、春夏《はるか》はその視線を真《ま》っ直《す》ぐに受け止めた。嘘《うそ》を言っていないか、計られている気がしたが、まったく失礼な話だった。嘘《うそ》なんか、これっぽっちもついていない。

怯《ひる》まぬ態度に納得《なっとく》してもらえたのか、まどかの表情が少しやわらかくなった。

「妹ちゃんは、さ……もう、知ってるんだよね？」

さすがに、何のことかはわかる。

「……お姉さんが、女性と付き合ってたってことですよね……？」

何故《なぜ》か、お姉ちゃんとは呼べなかった。それはそのまま心の距離《きょり》のような気がして、春夏《はるか》はそれを寂《さび》しく思った。

「そう」

と言って、まどかは頷《うなず》いた。

「写真を見ましたから……それに、お姉さんからも直接、そう告げられましたし」

「どう思った？」

「……正直、驚《おどろ》きました。リアルでそうって人は、初めてでしたし」

「言わないだけで、案外、周りにはあたりまえにいるかもしれないって考えたことは？」

少し考えて、春夏《はるか》は正直に首を横に振《ふ》った。

「……それ、悪いことですか？」

「いいんじゃない？ っていうか、仕方ないんじゃない？ 世界の全てを知ることなんかできないんだし。知って欲しいとは思うけど、強制はできないし、しちゃいけないし。それにわたしは、人は知らないところでいつも誰《だれ》かを傷つけて、傷つけられるものだって思ってるんだよね。例えば、わたしは男の人との恋愛《れんあい》を知らないし、男に対して辛《しん》らつなところがあるから、それが誰《だれ》かを傷つけてることだってあると思うし」

彼女の言っていることは、意味はわかるが、実感はできなかったので、春夏《はるか》は黙《だま》っていた。

わかっていないのにわかった顔はしたくなかった。

「なので、対処方法として、わたしはよく知らない相手とは恋愛《れんあい》の話はしないことにしてる。誰《だれ》かが始めたら、興味ないから止めてって言う。だから、友達、少ないんだ」

まどかは笑った。

自虐《じぎゃく》とかではなく、本当におかしがっているように見えた。

「だから……沙織《さおり》のことは大切なんだよね」

春夏《はるか》は温《ぬる》くなったカップを、強く握《にぎ》った。

「……わたしも、お姉さんを傷つけたんでしょうか……」

「うん」

「……わたしの何が、そうしたんですか？」

「君、沙織《さおり》の話を聞いた時、ちょっと身構えたでしょう？」

「そんなこと――」

ない、とは断言できなかった。

もちろん、意識して彼女を拒《こば》んだりはしていない。それは絶対だけれど、知らなかった顔を見せた彼女を前にして、緊張《きんちょう》しなかったかと言えば、なかったとは言い切れない。

元々、自分は他人に対してそうしたところがあるのだ。それで会社の面接でも上手《うま》く行かないことが多い。

「でも、妹ちゃんが生理的にわたしたちを《なんかやだ》って思ってるわけじゃないのは、会ってわかったから、今度のことは、事故みたいなものね」

「事故、ですか……」

「そう。ただの友達だと思ってた相手が、ある日、自分に好意を抱《いだ》いているのかも、って知ったら、男女関係なく、やっぱりちょっと身構えると思うから」

それは、なんとなくわかる。可能性を考えたこともなかった同僚《どうりょう》から、いきなり告白された時は、正直、怖《こわ》かった。

「ただ、誤解を解いておきたいんだけど、わたしも沙織《さおり》も女の子が好きだけど、誰《だれ》でもいいってわけじゃない。そこはわかってほしいかな」

春夏《はるか》は頷《うなず》いた。

確かにそれは、世の中の男は全員自分が好きなのかもしれないと思うのと変わらない。自意識過剰《かじょう》、と笑われる行為《こうい》だ。

「まあ……妹ちゃんとのことは事故だけど、君が見た写真、あれは本当にクソみたいな悪意の塊《かたまり》だけどね」

そう言った、まどかの表情は穏《おだ》やかだったが、声には呪《のろ》うような怒《いか》りがこもっていた。それが、あれは決してしてはいけないことだった、ということを示していた。

「ところで……沙織《さおり》が肉親ってやつに、強いこだわりを持っているの、知ってた？」

春夏《はるか》は少し考えて頷《うなず》いた。

「わたしに言わせれば、肉親なんて無理解で面倒《めんどう》なだけなんだけど、沙織《さおり》は血縁《けつえん》がもう誰《だれ》もいないからなのか、形の上でも《妹》ができるのを、すごく喜んでた」

まどかに刺《さ》すように見つめられた。

「なので、これからもあの子の《妹ちゃん》でいてくれたら、わたしも嬉しいんだけど」

「それは……はい」

春夏《はるか》は頷《うなず》いた。

沙織《さおり》の方が、まだ自分を妹として必要としてくれるなら、否はない。

ふっ、とまどかは息をつき、気持ちを切《き》り替《か》えるように紅茶を飲んだ。

「それで、どうかしら？」

まどかはテーブルに肘《ひじ》をついて指を組み、薄《うす》く微笑《ほほえ》んだ。

「君、沙織《さおり》が帰ってきても大丈夫《だいじょうぶ》？」

「はい」

それは断言できる。ここは彼女の家で、わたしは《妹》なのだから。

「沙織《さおり》が、君のことを女として好きでも？」

「え――？」

一瞬《いっしゅん》、何を言われたのかわからなかった。だが、混乱した頭はすぐに元に戻《もど》り、まどかの言葉の意味を理解した。

（お姉さんが、わたしを……？）

どきん、と心臓が強く打った。そしてそれは一度鳴りはじめると、どんどん速く、そして強くなった。じわっと体が熱くなってきて、頬《ほお》が火照《ほて》った。

「それは……その……本当に……？」

「うん」

まどかは、さらりと肯定《こうてい》した。

「けど、でも……あの、そういうのって、知ってても、勝手に言うのは駄目《だめ》なんじゃないんですか？　写真のことと同じなんじゃ――」

アウティング、というやつに当たるのではないだろうか。写真についてはあれだけ強く怒《おこ》ったのに、これはないのではないだろうか。

疑問が顔に出ていたのか、まどかは、大丈夫《だいじょうぶ》、と笑《え》んだ。

「沙織《さおり》に許可は取ってるから。というか、彼女に頼《たの》まれたの。あなたの姉は恋愛《れんあい》対象が女で、あなたのことが好きなんだけど、それでも一緒《いっしょ》に暮らしてくれるのか、聞いてきてって」

春夏《はるか》は、答えることができなかった。これは、あまりにも唐突《とうとつ》過ぎる。

「まあ、そうだよね」

何も言えずにいた春夏《はるか》に、まどかは言った。

「大事なことだし、沙織《さおり》からもすぐに返事を貰《もら》ってきてほしいとは言われてないから、よく考えてみて。面倒《めんどう》だけど、彼女はひき続きわたしのところで預かっておくから」

「ありがとう……ございます……」

というのが正しいのかわからなかったが、反射的にお礼を言っていた。

素直《すなお》ねえ、とまどかは笑った。

「で、ここからは単純にわたしの興味なんだけど……君、同性との恋愛《れんあい》をどう思う？　ああ、人のことじゃなくて、君自身がするのは、って話。百合漫画《ゆりまんが》、好きなんでしょ？」

「……お姉さんに聞いたんですか？」

「うん」

春夏《はるか》は考えて、よく考えて、それから口を開いた。

「……百合《ゆり》ものは、好きです……お姉さんと暮らすようになってから知った世界ですけど、ときめきますし、あこがれもします……けど、自分がするのはどうかって言われると……わからないです。そもそも、恋愛《れんあい》っていうのがよくわからなくて……好きな人はたくさんいたし、お姉さんのことも好きですけど、それと、友達や、父親を好きなのと、どう違《ちが》うのかっていうのが、よく……」

本当のことだ。好きと恋愛《れんあい》の境はどこでなんなのか、春夏《はるか》にはずっとわからなかった。肉親はありえないけれど、他人への好きなら恋愛《れんあい》感情なのか。

まどかは、ふうん、と言って春夏《はるか》を見つめた。

「これは、わたしのひとつの基準だけど……セックスをしてもいいと思えるかどうか、かな」

聞きなれない単語に、春夏《はるか》は体を固くした。

「そこまでじゃなくても、キスでもいい。キスしたいか。されてもいいか。それはひとつの基準になるんじゃない？　例えば、君、お父さんとキスできる？　ああ、ほっぺたとかじゃなくて、唇《くちびる》と唇《くちびる》ね？」

言って、まどかは立てた綺麗《きれい》な指を、ふっくらとした自分の唇《くちびる》に当てた。

お父さんと――？　春夏《はるか》はぞわりとうなじに鳥肌《とりはだ》が立つのを感じた。ありえない。考えただけで、否、考えたくもない。

「できないでしょう？　じゃあ、友達とは？　できる？」

何人かの少ない友人の顔を思い出してみた。でき――ないと思う。さすがにありえない。これまでの人生で、キスしても、されてもいいかも、と思える相手は――。

（……あ）

ひとり、いた。

高校のときの生徒会長。あこがれだった、そして、自分をとても可愛《かわい》がってくれた、大好きな先輩《せんぱい》。あの頃《ころ》は、考えたこともなかったけれど、もし、彼女にキスを求められたら――許していたかもしれない。

それが、ただの好きと恋《こい》との境界線ならば、もしかしたら、わたしはあの頃《ころ》、あの人に恋《こい》を、初めての恋《こい》をしていたのだろうか？

がた、とまどかが席を立ち、春夏《はるか》は我に返った。

「とりあえず、よく考えてみて。次は、沙織《さおり》自身が君の答えを聞くから。どちらであれ、結論が出たら連絡《れんらく》ください」

まどかはモッズコートを着て、バッグを肩《かた》にかけた。

「わたしがお節介《せっかい》をするのはここまで。じゃあね、妹ちゃん。紅茶、ごちそうさま」

「ま、待ってください！」

思わず春夏《はるか》は彼女を呼び止めていた。

「あの、わたしも一緒《いっしょ》に行っちゃだめですか……」

「わたしの家に？」

「はい」

「沙織《さおり》と会うってこと？」

春夏《はるか》は頷《うなず》いた。

「お姉さんの気持ちはわかりました。だけど、どうするかは、今の話をお姉さんから直接聞かないと、決められないです。わたし自身、お姉さんをどう思っているのか、ここにいて、ただ考えていたって、答えは出ないと思うので……」

まどかにじっと見つめられ、春夏《はるか》は決意が崩《くず》れそうになるのを懸命《けんめい》に堪《こら》えた。

沙織《さおり》の気持ちはわかった。だけど、人から『あなたのこと好きなんだって』と言われても、信じきれない自分がいた。まどかが嘘《うそ》をつく理由はないが、こんな大事なことは、沙織《さおり》の口からちゃんと聞きたいし、そうでなくては自分の気持ちもわからない。

「わかった、いこう」

まどかは、にっと笑った。

「あの子、わたしが戻《もど》るのを首を長くして待ってるだろうから、きっと驚《おどろ》くぞう！　話が違《ちが》うって怒《おこ》るかな？　まあ、知ったことじゃない。ぶちまけてやんな」

「はい」

しっかりと返事をして、春夏《はるか》は急いで出かける準備をした。

☆

まどかの車で移動する間、春夏《はるか》はずっと沙織《さおり》のことを考えていた。自分のことを、恋愛《れんあい》的な意味で好きだという、同性のことを。

そういう目で見たことがなかったので、一緒《いっしょ》に暮らすようになってからこっちの彼女の言動を思い出して、自分は彼女をどう思っているのかを問い直した。

何もかも初めてのことだったので、気持ちを整理するために、彼女の本棚《ほんだな》にあった百合漫画《ゆりまんが》の内容を思い出してもみた。どれも面白《おもしろ》かったが、その中の一冊、唯汰《ゆいた》あおい先生の『お姉ちゃんは秘密の恋人《こいびと》』だけは、エンタメとしてだけでなく、ひょっとしたら義姉《ぎし》は自分にこれを求めていたのだろうか、と思えて、奇妙《きみよう》な気持ちになった。

一番考えたのは、《好き》と《恋《こい》》の違《ちが》いだった。

自分の中になかった基準を、隣《となり》でどこか楽しげに運転をするこの、白神《しらかみ》まどかという女性は示してくれた。

セックスはともかく、キスというのはわかりやすかった。

してもいい、されてもいい、がイコール、恋《こい》をしているということにはならないと思うけれど、そっちに発展する可能性はあるということかもしれない。

だとしたら――

☆

「どういうこと!?」

まどかの後ろに隠《かく》れるようにして彼女の家に入り、沙織《さおり》が迎《むか》えに出たタイミングでひょっこり姿を見せた春夏《はるか》を見た彼女はまず絶句し、それからすっかりうろたえて、そう叫《さけ》んだ。

「どうもこうも」

と、まどかは、にやりとしてコートを脱《ぬ》いだ。

「妹ちゃんが直接話をしたいって言うから連れて来たんだよ。文句はないだろう？　ここはわたしの家なんだから。わたしは自分の部屋にいるから、ごゆっくり」

まどかは　ひら、と手を振《ふ》って、あまり広くはない廊下《ろうか》に二人を残して、その奥に消えていった。春夏《はるか》はショートブーツを脱《ぬ》いで玄関《げんかん》を上がると、どこかくたびれたトレーナー姿ですっぴんの義姉《ぎし》を久しぶりに見た。

「お久しぶりです、お姉さん」

一週間ぶりに会った姉にそう言って微笑《ほほえ》みかけると、彼女はばつが悪そうに、

「う、うん……」

と呟《つぶや》いて、目を逸《そ》らした。

「リビングを貸してくれるそうですから、そこで話をしましょう」

春夏《はるか》はそう言って、あらかじめ場所を聞いていたリビングへと向かった。

沙織《さおり》は、これから叱《しか》られるのがわかっている仔犬みたいに、どこかこそこそした様子で、後をついてきた。

春夏《はるか》はテーブルの椅子《いす》の背もたれに脱《ぬ》いだコートをかけると、その椅子《いす》にではなく、傍《そば》のソファーに腰《こし》を下ろした。義姉《ぎし》が、自分は何処《どこ》に座ったらいいのだろう、と戸惑《とまど》っていたので、隣《となり》をぽんぽんと叩《たた》いて、ここへどうぞ、と促《うなが》した。

沙織《さおり》は、おっかなびっくりという表現以外には表しようのない態度で傍《そば》に来て、まるで卵の上に座るみたいに、そろりと腰《こし》を下ろした。

そんなに幅《はば》のあるソファーではないので、こうして座ると膝《ひざ》が付きそうになる。文字通り、膝《ひざ》を詰《つ》めての話し合いだ。

「お姉さん……」

「は、はい……」

いつものようにしゃんと背は伸《の》びず、うなだれたまま、沙織《さおり》は返事をした。別に叱《しか》るつもりはないのだけれど、ちょっとかわいそうになってくる。

「お姉さんが出て行った理由と、お姉さんの気持ち、白神《しらかみ》さんから聞きました」

「……はい……」

「お姉さんを傷つけたこと……ごめんなさい。そんなつもりはなかったけど、結果としてそうなってしまった以上、謝ります」

春夏《はるか》は頭を下げた。

「い、いいよ……わたしが過剰《かじょう》に反応しちゃったのが悪いんだから……何もかもいきなりだったし、驚《おどろ》かせたのはこっちだから……ごめん」

「それは、お姉さんのせいじゃないですよね？　だったら、謝ることないです」

顔を上げて真《ま》っ直《す》ぐに見つめて言うと、沙織《さおり》は素直《すなお》に、

「うん……」

と頷《うなず》いた。

写真のことは、ひとまずこれでいい。あれが誰《だれ》かとか、何であんなことをしたのかとかは、正直、知りたくもない。

それよりも、大事なのはこのあとだった。沙織《さおり》の告白——直接聞いたわけではないけれど、その返事をしなくてはならない。でもその前に……ちゃんと本人の口から聞きたい。

春夏《はるか》は唇《くちびる》を湿《しめ》らせて、唾《つば》を飲み込んだ。

「お姉さん……わたしのこと……その……好きなんですか？」

もっと持って回った言い方もあったかもしれないけれど、思いつかなかった。遠まわしにして伝わらなかったら、はずかしい。

沙織《さおり》は、ぐっと何かを堪《こら》えたみたいに唇《くちびる》を強く引き結んで、それから、

「……うん」

と、頷《うなず》いた。

「実は……ママから写真を見せてもらったその時から、ほとんど一目惚《ひとめぼ》れで……だから、ひとり暮らしをしなくちゃならないって知って、一緒《いっしょ》に住めるかも、って、あの申し出を——」

「まさか……そうなるように仕組んだんですか？」

「してない！」

大慌《おおあわ》てで、沙織《さおり》は首を横に振《ふ》った。

「本当にしてない！　ママたちがあんなこと言い出すなんて、思わなかったよ！　チャンスだ

って思ったのは本当だけど、それは恋愛《れんあい》のことじゃなくて、姉妹《しまい》の仲を深めるチャンスだって思ったからで、本当の本当に仲のいい姉妹《しまい》になりたかったから！」

あまりに真剣《しんけん》で、嘘《うそ》ではない、と思えた。

「でも……好きっていうのも本当……」

まったく違《ちが》うテンションで、沙織《さおり》は、ぽそっと言った。

「姉妹《しまい》で恋人《こいびと》同士だなんて最高、って思って、欲ばっちゃった。でも、どっちか選べっていうなら、《姉》の立場を選ぶよ。恋愛《れんあい》に破局はあるけど、姉妹《しまい》にそれはないから」

本当に、肉親に対して強いこだわりがあるのだな、と春夏《はるか》は改めて思った。まどかのように鬱陶《うっとう》しいとは感じないが、春夏《はるか》自身はそこまでの執着《しゅうちゃく》はない。だがそれは、父という血縁《けつえん》がいるからかもしれない。

「じゃあ、諦《あきら》めるんですか？　わたしのことは」

沙織《さおり》は、ぐ、と返答に詰《つ》まった。

「諦《あきら》め――たくはないけど、春夏《はるか》ちゃん……嫌《いや》でしょ？」

じっと見つめられた。

その大きな綺麗《きれい》な目を見返しながら、春夏《はるか》は、

「嫌《いや》、とは言ってません」

と、答えた。

「え――」

暗かった瞳《ひとみ》に、ぽつり、と明かりが灯《とも》ったような気がした。

「わたし、恋《こい》をしたことがないと思っていたので、好き、と、恋《こい》、の違《ちが》いがわからなかったんですけど……白神《しらかみ》さんから、ひとつの指標を教えていただいて、それにお姉さんを当てはめて考えてみたんです」

「指標……？」

「キス、できるかどうか、です」

沙織《さおり》の目がまん丸に見開かれ、そのあとでこめかみがひくつくのがわかった。

わたしの妹に何教えてやがるんだ！　――と思ったということを、あとで聞いた。でも、ありがとう！　――と思ったとも。

それはともかく。

「えっと……それで……？　結果は――」

「できる、かな……？」

よし、と言わんばかりに、沙織《さおり》が拳《こぶし》を握《にぎ》ったのが面白《おもしろ》かった。

「え、本当に？　からかってるとかじゃなく？」

春夏《はるか》は頷《うなず》いた。

「あ、でも、本当にするわけじゃないですよ？　恋《こい》ができるかどうかの指標として考えたら、って話ですから」

「あ——そ、そうだよね！　あははは……」

（なんか、すごく残念そう）

思わず笑ってしまいそうになるのを、春夏《はるか》は堪《こら》えた。

「なので、可能性としては、アリ、です」

「そっか……」

じわ、と沙織《さおり》の目に涙《なみだ》が浮《う》かんだ。

「ごめ——嬉《うれ》しすぎて……ああ、もう！」

ぐわ、と沙織《さおり》は両腕《りょううで》を広げ、その恰好《かっこう》で、ぴたりと止まった。

「えっと……抱《だ》きしめたりして、いい？」

もう限界だった。

春夏《はるか》は笑い出してしまい、それから、

「いいですよ」

と言って、両腕《りょううで》を開いた。

沙織《さおり》は、そうしないと簡単に割れてしまうシャボン玉でできてるみたいに、春夏《はるか》をそっと抱《だ》きしめた。

耳元で、ああ、と心の底から嬉《うれ》しそうな溜息《ためいき》が漏《も》れて、熱い息がくすぐったかった。

なんだか、すごく安心する。

春夏《はるか》は、ストーブみたいな体温を全身に感じつつ、この人となら本当に恋《こい》ができるかもしれない、と考えながら、義姉《ぎし》の背中をあやすみたいに、ぽんぽんと叩《たた》いた。

9

「今日はなんでも奢《おご》っちゃう！　何でも呑《の》め！　食べろ！　あ、ボトル入れてもいいよ？」

いつものバーのカウンターで、沙織《さおり》はまどかの肩《かた》を叩《たた》きながら、わはは、と笑った。

「いった……ほんっとにわかりやすいわねえ……あんた」

少し呆《あき》れたみたいな物言いも、今日はぜんぜん気にならない。

「その様子だと、収まるところに収まったって感じ？」

「まー、そうなるのかなー」

えへへ、とちょっと気持ちの悪い笑いが漏《も》れてしまう。

あの日の話し合いのあと、家を出る前の日常に戻《もど》るには、半日もかからなかった。

ただし、全て同じというわけではない。

何しろ《恋《こい》》の可能性が生まれたのだ。まだ、手探《てさぐ》りではあるけれど、確実に以前とは違《ちが》う
というのを、日々、実感していた。

春夏《はるか》の反応が、とても可愛《かわい》い。

同じように抱《だ》きしめても、手を繋《つな》いでも、ちょっと照れたような仕草を見せる。それは前にはなかったもので、つまりはこちらを意識しているということに他ならず、それが嬉《うれ》しかったたし、わくわくもどきどきもする。

そのうち、本当にキスもできるかもしれない。

いや、すでにもう、ほっぺたには到達《とうたつ》している。くすぐったそうにしているけれど、逃《に》げたりする素振《そぶ》りはまったくない。

この間など、おかえし、と言って、ほっぺにちゅーを返してくれたのだ！　のろけでしかないから、言わないけれど！

「鼻の下、伸《の》ばしすぎ」

まどかの声は、うんざりしているのをかくそうともしていないが、そこが彼女の良《い》いところだった。今度のことは、本当に、感謝してもしきれない。

「……ほんと、ありがとね、まどか」

沙織《さおり》は、ちょっとスモーキーなウイスキーの入ったグラスを掲《かか》げた。

「どういたしまして」

まどかもグラスを掲《かか》げ、薄《うす》いガラスの中で、この店で一番高価なワインがとろりと揺《ゆ》れる。

この先、本当に恋《こい》が実るかはわからない。

だけど、家に帰れば春夏《はるか》が待っている。義妹《ぎまい》で、将来の恋人《こいびと》になるかもしれない、可愛《かわい》い可《か》愛《わい》い女の子が。

いまはただ、そのことに感謝して、

――チン。

沙織《さおり》は、親友とグラスの縁《ふち》を合わせた。

☆

『これから帰るね！』

沙織《さおり》から届いたメッセージに、春夏《はるか》の心臓は、とくん、と鳴った。

ハートのスタンプが嬉《うれ》しい。

ひとり、くるりくるりと回りたくなるのを我慢《がまん》して、バスルームに向かう。

バスタブの栓《せん》を閉じて、自動給湯のボタンを押す。帰ってきたら、沙織《さおり》のお気に入りの入浴剤《ざい》を入れて、一緒《いっしょ》に入るのだ。

温泉のときよりもずっと気恥《きは》ずかしいけれど、後ろから抱《だ》きかかえるようにしてお湯に浸《つ》かるのは、安心するし、心地《ここち》がいい。

自分の中に、こんな感情が埋《う》もれていたなんて、思いもしなかった。

なんだか、すごく、くすぐったい。

だけど、ちっとも嫌じゃない。

朝起きて、隣《となり》に沙織《さおり》の顔があって、寝息《ねいき》がおでこをくすぐるのが、嬉《うれ》しい。すっぴんの顔をいつまでも見ていたくなる。

それに気づいたとき、いやっ、と言って顔を隠《かく》すのも、可愛《かわい》い。

毎日が、そんな風だ。

レシピは何も変わっていないのに、同じメニューを作っているのに、料理が楽しい。沙織《さおり》の反応を考えるだけで、包丁がリズミカルに踊《おど》る。

こんな世界があるなんて、知らなかった。

もっと早く知りたかった。

インターホンのチャイムが鳴り、春夏《はるか》はモニターのところに跳《は》ねて行った。小さなカラーの液晶《えきしょう》の画面に、手を振《ふ》る沙織《さおり》の姿が映っていた。

エントランスのドアを開錠《かいじょう》し、玄関《げんかん》に向かう。内鍵《かぎ》を回して、そのまま待つ。気持ちが浮《うわ》ついて落ち着かない。自分の足が床《ゆか》についているか、自信がない。

いまか、まだか、と待ちかねている、そんな自分がおかしく、いとおしく、春夏《はるか》は、ああ、と溜息《ためいき》をついて、染《し》み入《い》るように理解した。

——わたしは、いま……恋《こい》をしている。

《了》

あとがき

みなさま、ごぶさたしております！　アサクラ　ネル、です！

ほとんど二年ぶりとなりましたが、四冊目をお送りできることとなりました！

え……二年？　うわ、びっくり。

と、とにかく、再びの百合《ゆり》物語……お楽しみいただけたら、幸いです。

ちょっと体調を崩《くず》しておりまして、思うように執筆《しっぴつ》ができなかったり、春先に猫《ねこ》様が大病を患《わずら》って三回も手術をしたりと、中々完成せず、担当編集様には大変ご迷惑《めいわく》をおかけしてしまいました。もうしわけございませんでした。

いまは猫《ねこ》様も元気になり、私も七割ぐらいは回復して、なんとかやっております。

これからも頑張《がんば》って、新しい物語をお送りしていきたいと思いますので、よろしくお願いいたします！　いたします！　読者様！　関係各位様！

さて。さてさて。

前作の声優の百合《ゆり》物語『わたしの百合《ゆり》も、営業だと思った？』のタイ版が発売されることになりました！　タイ国と言えば、ガールズラブドラマ！　ああ、『わたしの百合《ゆり》〜』も実写ドラマ化してくれいかなー。

ドラマもあれこれ見ているんですが、チェイサーゲームW、いいですよね！　大人のガールズラブドラマ！　あれが作れるなら、ネルのもどうですか？　ドラマ制作の人！　一巻完結で作りやすいと思うんですが！

まあ、さすがに『彼なんかより、私の方がいいでしょ？』は難しいと思いますが。

そして！　その『彼なんかより〜』ですが、コミカライズが始まります。すでに数話分、チェックさせていただいているんですが……いいですよお！　というか、いいんですかここまで描《えが》いて！　とドキドキしました。

詳《くわ》しいことは、続報をお待ちくださいませ。


それでは、願わくば、次の本でお会いできますように！

二〇二四年　十一月
アサクラ　ネル

※本作は、あとがきも含《ふく》めてフィクションであり、実在する地域、個人、法人、会社、団体等とは何の関係もございません。

◉アサクラ ネル著作リスト

「異世界の底辺料理人は絶頂調味料で成り上がる！
～魔王攻略の鍵は人造精霊少女たちとの秘密の交わり!?～」（電撃文庫）
「彼なんかより、私のほうがいいでしょ？」（同）
「わたしの百合も、営業だと思った？」（同）
「新しくできたお姉さんは、百合というのが好きみたい」（同）

本書に対するご意見、ご感想をお寄せください。

ファンレターあて先
〒102-8177　東京都千代田区富士見2-13-3
電撃文庫編集部
「アサクラ　ネル先生」係
「かがちさく先生」係

本書は書き下ろしです。

電撃文庫

新《あたら》しくできたお姉《ねえ》さんは、百合《ゆり》というのが好《す》きみたい

アサクラ ネル

◇◇◇

2024年11月10日　初版発行

発行者　山下直久
発行　株式会社KADOKAWA
〒102-8177　東京都千代田区富士見2-13-3
0570-002-301（ナビダイヤル）
装丁者　荻窪裕司（META＋MANIERA）
印刷　株式会社暁印刷
製本　株式会社暁印刷

ISBN978-4-04-915658-4　C0193　Printed in Japan

電撃文庫　https://dengekibunko.jp/

電撃文庫DIGEST　11月の新刊　発売日2024年11月8日

デモンズ・クレスト3
魔人∽覚醒

著／川原 礫　イラスト／堀口悠紀子

デスゲームの舞台と化した《複合現実》からの脱出を目指す、雪花小六年一組。だが、クラスに潜む《裏切り者》の襲撃により、仲間たちは次々と石化してしまう。事態を打開するため、ユウマは再びAMの世界に赴く！

安達としまむら12

著／入間人間　イラスト／raemz
キャラクターデザイン／のん

「う、海……は、広いね」「いいよ。来週くらいに行こうか」「来週、ですか……」垂れ下がった耳と尻尾が見えるけど、こっちも準備が必要だ。水着とか。彼女に可愛いとこ見せたい気持ちはわたしだってあるのだ。

安達としまむらSS2

著／入間人間　イラスト／raemz
キャラクターデザイン／のん

安達と暮らし始めてしばらく。近々わたしの誕生日だ。「あ、チャイナドレスは禁止ね」「えっ」「あれはクリスマス用だから」二人だけの行事が増えていくのは、そう、悪くない。

魔王学院の不適合者16
～史上最強の魔王の始祖、転生して子孫たちの学校へ通う～

著／秋　イラスト／しずまよしのり

銀水聖海を守る大魔王の寿命もあとわずか――災厄の大本である《絶渦》を鎮めるべく動き出したパブロヘタラだが、新たな学院の加盟が嵐を呼ぶことに――!!

私の初恋は恥ずかしすぎて誰にも言えない③

著／伏見つかさ　イラスト／かんざきひろ

「ワタシの彼女にしてやってもいいぞっ！」高校生の姿になった夕子が、千秋に猛アプローチ。新たな恋愛実験が始まった。もちろん楓やメイが黙っているわけもなく――恋愛勝負の舞台は夏の海へ！

組織の宿敵と結婚したらめちゃ甘い3

著／有象利路　イラスト／林 けゐ

元宿敵同士だった二人は今は毎日イチャあまを繰り広げるラブラブ夫婦！　そんな彼らの次なるお悩みは――夜の営みについて!!　聖夜が迫る十二月、いまだ未経験な二人は『幸せな夜』を勝ち取れるのか？

蒼剣の歪み絶ちII
色無き自由の鉄線歌

著／那西崇那　イラスト／NOCO

死闘を終え、アーカイブを運命から解き放った伽羅森はどこか燃え尽きたような日常を送っていた。そんな彼が出会ったのは、誰にも認知されない歪みを持った少女・由良。彼女は「バンドをやりたい」と告げて……？

よって、初恋は証明された。
新作 -デルタとガンマの理学部ノート1-

著／逆井卓馬　イラスト／遠坂あさぎ

日陰の似合う男・出田樟と、日向の人気者・岩間理桜。名前を読み替えると【デルタとガンマ】。そんな二人は大の科学好き。これは科学をもって日常の謎を解く物語であり――とある初恋を証明するまでの物語である。

新作 俺の幼馴染がデッッッッかくなりすぎた

著／折口良乃　イラスト／ろうか

幼馴染と久しぶりに再会したら……胸がとんでもない大きさに成長していて!?　「ボディーガードになってよ！」と頼まれたことから、デッッッッかすぎる幼馴染と過ごすドキドキな日々がはじまった――！

新作 ヒロイン100人好きにして？

著／渋谷瑞也　イラスト／Bcoca

学園一の天才・空木夜光には深くて浅い悩みがある。それはどんな難問でも解けるのに、女心は全く分からないこと！　そんな彼の元にある日突然魔女・ベルカが「100人恋に落として救え」と押しかけてきて……!?

新作 新しくできたお姉さんは、百合というのが好きみたい

著／アサクラネル　イラスト／かがちさく

親の再婚で、ある日突然義理の姉妹になった春夏と沙織。2人暮らしをする中で沙織は本百合という秘密を言い出せず、「家族」になった春夏との距離感に葛藤する。果たして姉妹のカンケイの行方は――？

【画集】
新作 かんざきひろ画集 Home.

著／かんざきひろ

電撃文庫『俺の妹がこんなに可愛いわけがない』『エロマンガ先生』『私の初恋は恥ずかしすぎて誰にも言えない』のイラストを担当するかんざきひろ氏の画集第3弾！